謀殺與創造之時

Lawrence Block

勞倫斯・卜洛克 著
呂中莉 譯

Time to Murder and Create

馬修・史卡德系列 03

謀殺與創造之時 Time to Murder and Create

作者——勞倫斯・卜洛克 Lawrence Block
譯者——呂中莉
封面設計—— ONE.10 Society
編輯協力——黃麗玟、劉人鳳
業務——李振東、林佩瑜
行銷企畫——陳彩玉、林詩玟
發行人——涂玉雲

出版——臉譜出版
104台北市中山區民生東路二段141號5樓
電話：(02)2500-7696　傳真：(02)2500-1952
臉譜部落格 facesfaces.pixnet.net/blog

發行——英屬蓋曼群島商家庭傳媒股份有限公司城邦分公司
104台北市中山區民生東路二段141號11樓
客服服務專線：(02)2500-7718；2500-7719
24小時傳真專線：(02)2500-1990；2500-1991
服務時間：週一至週五上午9:30~12:00；下午13:30~17:00
劃撥帳號：19863813
戶名：書虫股份有限公司
讀者服務信箱：service@readingclub.com.tw

香港發行所——城邦(香港)出版集團有限公司
香港灣仔駱克道193號東超商業中心1樓
電話：(852)2877-8606　傳真：(852)2578-9337　E-mail: hkcite@biznetvigator.com

馬新發行所——城邦(馬新)出版集團 Cite(M)Sdn Bhd (458372U)
41, Jalan Radin Anum, Bandar Baru Sri Petaling, 57000 Kuala Lumpur, Malaysia.
電話：(603)9056-3833　傳真：(603)9057-6622　E-mail: services@cite.com.my

初 版 一 刷　1998年11月
三 版 一 刷　2023年8月
ISBN 978-626-315-163-5

定價250元(本書如有缺頁、破損、倒裝，請寄回本社更換)

國家圖書館出版品預行編目資料

謀殺與創造之時 / 勞倫斯・卜洛克(Lawrence Block)著；呂中莉譯. -- 三版. -- 台北市：臉譜出版：家庭傳媒城邦分公司發行, 2023.08
面；公分. --(馬修・史卡德系列；03)
譯自：Time to Murder and Create
ISBN 978-626-315-163-5(平裝)
874.57　　111009286

〈新版推薦序〉

關於我的朋友馬修・史卡德

臥斧

有很長一段時間，遇上還沒讀過「馬修・史卡德」系列的友人詢問「該從哪一本開始讀？」或「你最喜歡、最推薦哪一本？」之類問題，我都會回答，「先讀《八百萬種死法》，我最喜歡《酒店關門之後》。」

如此答覆有其原因。

「馬修・史卡德」系列幾乎每一本都可以獨立閱讀——作者勞倫斯・卜洛克認為，即使是系列作品，每部作品都仍該是個完整故事，所以倘若故事裡出現已在系列中其他作品登場過的角色，卜洛克就會簡述來歷，沒讀過其他作品或許不會理解角色之間的詳細關係，不過不會對理解手頭這本的情節造成妨礙。事實上，這系列在二十世紀末首度被引介進入國內書市時，出版社選擇出版的第一本書，就不是系列首作《父之罪》，而是第五部作品《八百萬種死法》。

出版順序自然有編輯和行銷的考量，讀者不見得要照章行事，我的答案與當年的出版順序並無關聯，《八百萬種死法》也不是我第一本讀的本系列作品。建議先讀《八百萬種死法》，是因為我認為這本小說最適合用來當成某種測試，確認讀者是否已經到達「人生中適合認識史卡德」的時期；

倘若喜歡這本，約莫也會喜歡這系列的其他故事，倘若不喜歡這本，那大概就是時候未到——生命中的哪個階段會被哪樣的作品觸動，每個讀者狀況都不相同。

這樣的答覆方式使用多年，一直沒聽過負面回饋，直到某回聽到一名友人坦承，自己初讀《八百萬種死法》時，覺得這故事「很難看」。有意思的是，這名友人後來仍然成為卜洛克的書迷，讀完了整個系列。

概略討論之後，我發現友人覺得難看的主因在於情節——這個故事並未完全依循推理小說作者與讀者之間不言自明的默契，結局之前的轉折雖然合理，但拐彎的角度大得讓人有點猝不及防，有部分讀者會覺得自己沒能被說服接受。可是友人同時指出，史卡德這個主角相當吸引人——這系列故事主線均由史卡德的第一人稱主述敘事，所以這也表示整個故事讀來會相當吸引人。能夠吸引讀者、呼應讀者自身的生命經驗、讓讀者打從心底關切的角色，總會讓讀者想要知道：這角色還會面對哪些事件，又會如何看待他所處的世界？

這是讓友人持續讀完整個系列的動力，也是我認為這本小說適合用來測試的原因——《八百萬種死法》是全系列中結局轉折最大的故事，也是完整奠定史卡德特色的故事。從這個故事開始認識史卡德，就像交了個朋友；而交了史卡德這個朋友，會讓人願意聽他訴說生命裡發生的種種故事。

約莫在友人同我說起這事的前後，我按著卜洛克原初的出版順序，重新閱讀「馬修・史卡德」系列，然後發現：倘若當初我建議朋友從首作《父之罪》開始讀，友人應該還是會成為全系列的忠實讀者，只是對情節和主角的感覺可能不大一樣。

史卡德登場

二十世紀的七〇年代，卜洛克讀了李歐納．薛克特的《論收賄》，這是薛克特與一名收賄的紐約警察一起完成的作品，內容講的就是那個警察的經歷。那是一名盡責任、有效率的警察，偵破不少案子，但同時也貪污收賄、經營某些不法生意。

卜洛克十五、六歲起就想當作家，他讀了很多偉大的經典作品，不過一開始並不確定自己該寫什麼；剛入行時他用筆名寫的是女同志和軟調情色長篇，市場反應不錯，六〇年代開始寫「睡不著覺的密探」系列，銷售成績也不差。七〇年代他與出版社商議要寫犯罪小說時，認為《論收賄》裡的警察或許能夠成為一個有趣的角色，只是他覺得自己比較習慣使用局外人的觀點敘事，沒什麼把握能寫好一個在警務體制裡工作的貪污警員。

於是卜洛克開始想像這麼一個角色：這個人是名經驗老到的刑警，和老婆小孩一起住在市郊，有辦案的實績，也沒放過收賄的機會；某天下班，這人為了阻止一樁酒吧搶案而掏槍射擊，但跳彈意外殺死了一個街邊的女孩。誤殺事件讓這人對自己原來的生活模式產生巨大懷疑，加劇了喝酒的習慣、與妻子分居、獨自住在旅館，偶爾依靠自己過往的技能接點委託維持生計，但沒有申請正式的偵探執照，而且習慣損出固定比例的收入給教堂……

真實人物的遭遇加上小說家的虛構技法，馬修・史卡德這個角色如此成形。

一九七六年，《父之罪》出版。

一名女性在紐約市住處遭人殺害，嫌犯渾身浴血、衣衫不整地衝到街上嚷嚷之後被捕，兩天後在獄中上吊身亡。女孩的父親從紐約州北部的故鄉到紐約市辦理後續事宜，聽了事件經過後找上史卡德——就警方的角度來看這起案件已經偵結，這名父親也不大確定自己還想做什麼，他與女兒幾年來鮮少聯絡，甫知女兒死訊，才想搞清楚女兒這幾年如何生活、為什麼會遇上這種事。警方不會處理這類問題，於是把他轉介給曾經當過警察、現已離職獨居的史卡德。

以情節來看，《父之罪》比較像刻板印象中的推理小說：偵探接受委託，找出凶案的真正因由。這個故事同時確立了系列案件的基調——會找上史卡德的案子可能是警方認為不需要處理的，或者是當事人因故無法、或不願交給警方處理的；而史卡德做的不僅是找出真凶，還會在偵辦過程裡挖掘出隱在角色內裡的某些物事，包括被害者、凶手，甚至其他相關人物。

緊接著出版的《在死亡之中》和《謀殺與創造之時》都仍維持類似的推理氛圍，不同的是卜洛克對史卡德的描寫越來越多。史卡德的背景設定在首作就已經完整說明，卜洛克增加的是史卡德處理事件過程的生活細節——他對罪案的執拗、他與酒精的糾纏、他和其他角色的互動，以及他在紐約憑藉公車、地鐵、偶爾駕車或搭車但大多依靠雙腿四處行走查訪當中的所見所聞，這些細節累疊在原先的背景設定上，逐漸讓史卡德越來越立體，越來越真實。

史卡德曾是手腳不算乾淨的警員，他知道這麼做有違規範，但也認為這麼做沒什麼不對——有缺陷的是制度，他只是和所有人一樣，設法在制度底下找到生存的姿態。這使得史卡德成為一個特殊的冷硬派偵探——這類角色常以譏誚批判的眼光注視社會，史卡德也會，但更多時候這類譏誚會轉為自嘲，因為他明白自己並不比其他人更好，這類角色常面不改色地飲用烈酒，史卡德也會，但酒精因而成為一種將他拽開常軌的誘惑，摧折身體與精神的健康；這類角色心中都會具備一套自己的道德判準，史卡德也會，而且雖然嘴上不說，但他堅持的力道絕不遜於任何一個硬漢。

我私心將一九七六年到一九八一年的四部作品劃歸為系列的「第一階段」。這四部作品的情節不只呈現了偵查經過，也替史卡德建立了鮮明的形象——作家替角色設定的個性與特質會決定角色面對衝突時的反應，而讀者會從這些反應推展出現的情節理解角色的個性與特質。史卡德並非完人，沒有超凡的天才，反倒有不少常人的性格缺陷，對善惡的標準似乎難以解釋，但他面對罪惡的態度會讓讀者清楚地感知那個難以解釋的核心價值。

讀者越來越了解史卡德——他不是擁有某些特殊技能、客觀精準的神探，他就是個試著盡力解決問題的凡人。或許卜洛克也越寫越喜歡透過史卡德去觀察世界——因為他寫了《八百萬種死法》。

反正每個人都會死，所以呢？

《八百萬種死法》一九八二年出版。

打算脫離皮肉生涯的妓女透過關係找上史卡德，請史卡德代她向皮條客說明。皮條客的行為模式與眾不同，尋找時花了點工夫，找上後倒沒遇到什麼麻煩；皮條客很乾脆地答應，但幾天之後，史卡德發現那名妓女出了事。史卡德已經完成委託，後續的事理論上與他無關，可是他無法放手，認為這事八成是言而無信的皮條客幹的；他試著再找皮條客，雖然不確定找上後自己要做什麼，不料皮條客先聯絡他，除了聲明自己與此事毫無關聯，並且要雇用史卡德查明真相。

在妓女出現之前，史卡德做的事不大像一般的推理小說；接下皮條客的委託之後，史卡德的工作方式則與前幾部作品一樣，不是推敲手上的線索就看出應該追查的方向，而是透過皮條客手下的其他妓女以及史卡德過往在黑白兩道建立的人脈，扎扎實實地四處查訪。因此之故，《八百萬種死法》有不少篇幅耗在史卡德從紐約市的這裡到那裡，敲門按電鈴，問問這個問問那個；其他篇幅一部分用來講述史卡德的生活狀況——主要是他日益嚴重的酗酒問題，酒精已經明顯影響他的神智和健康，但他對戒酒無名會那種似乎大家聚在一起取暖的進行方式嗤之以鼻，另一部分則記述了史卡德從媒體或對話裡聽聞的死亡新聞。

《八百萬種死法》的書名源於當時紐約市有八百萬人口，每個人可能都有不同的死亡方式；這些死亡事件與史卡德接受的委託沒有關係，史卡德也沒必要細究每樁死亡背後是否藏有什麼祕密。如此安排容易讓讀者覺得莫名其妙——我要看史卡德怎麼查線索破案子，卜洛克你講這些無關緊要的東西做什麼？不過讀者也會慢慢發現：這些插播進來的死亡新聞，讀起來會勾出某些古怪的反應，有時是深沉的慨嘆，有時是苦澀的笑意。它們大多不是自然死亡，有的根本不該牽扯死亡——例如有人扛回被丟棄的電視機想修好了自己用，結果因電視機爆炸而亡，這幾乎有種荒謬的喜感——讀者認為它們「無關緊要」，是因它們與故事主線互不相涉，但對它們的當事人而言，那是生命的瞬間消逝，可一點都不「無關緊要」。

是故，這些死亡準確地提出一個意在言外的問題：反正每個人都會死，所以呢？每個人如何迎來生命終點都無法預料，甚至不可理喻，沒有善惡終報的定理，只有無以名狀的機運；在這樣的世界裡，執著地追究某個人的死亡，有沒有意義？或者，以史卡德的處境來說，遠離酒精，讓自己清醒地面對痛苦，有沒有意義？

推理故事大多與死亡有關。古典和本格派將死亡案件視為智力遊戲，是偵探與凶手、讀者與作者之間鬥智的謎題；冷硬和社會派利用死亡案件反映社會與人的關係，什麼樣的環境會讓人做出什麼樣的掙扎，什麼樣的時代會讓人犯下什麼樣的罪行。其實，推理故事一直是最適合用來揭示人性的故事，因為要查明一個或數個角色的死因，調查會以死者為圓心向外輻射，觸及與死者有關的其他角色，釐清他們與死者的關係、死亡對他們的影響、拼湊死者與他們的過往，這些調查會顯露角色們的個性，死因與行凶動機往往就埋在這些人性糾葛之中。

《八百萬種死法》不只是推理小說，還是一部討論「人該怎麼活著」的小說。

「馬修．史卡德」是個從建立角色開始的系列，而《八百萬種死法》確立了這個系列的特色，這些故事不僅要破解死亡謎團、查出凶手，也要從罪案去談人性。

我們終將孤獨

在《八百萬種死法》之後，卜洛克有幾年沒寫史卡德。

據聞《八百萬種死法》本來可能是系列的最後一個故事，從故事的結尾也讀得出這種味道——史卡德解決了事件，也終於直視自己的問題，讓系列在劇末那個悸動人心的橋段結束，是個合理的選擇，也是個漂亮的收場——不過從隔了四年、一九八六年出版的《酒店關門之後》來看，卜洛克還想繼續以史卡德的視角看世界，沒有馬上寫他的故事，可能是自己的好奇還沒尋得答案。

因為大家都知道，故事會有該停止的段落，角色做完了該做的事、有了該有的領悟；但在現實生活裡，時間不會停在「全書完」三個字出現的那一頁，就算人生因為某些事件而轉往新方向，等在眼前的也不會是一帆風順「從此幸福快樂」的日子。卜洛克的好奇或許是：在史卡德直視自身問題、做了重要決定之後，他還是原來設定的那個史卡德嗎？那個決定會讓史卡德的生活出現什麼變化？那些變化是否會影響史卡德面對世界的態度？

倘若沒把這些事情想清楚就動手寫續作，大約會出現兩種可能：一是動搖前五部作品建立的系列基調——既然卜洛克喜歡這個角色，那麼就會避免這種情況發生；二是保持了系列基調但破壞了《八百萬種死法》那個完美結局的力道——真是如此的話，不如乾脆結束系列，換另一個主角講故事。

《酒店關門之後》是卜洛克思考之後的第一個答案。

這個故事裡出現三樁不同案件，發生在《八百萬種死法》之前。案件之間乍看並不相干（不過後來發現其中兩起有點關聯），史卡德甚至不算真的在調查案件——第一樁案件是酒吧常客妻子被殺，史卡德被委任去找出兩名落網嫌犯的過往記錄，讓他們看起來更有殺人嫌疑；第二樁事件是另一家起酒吧帳本失竊，史卡德負責的是與竊賊交涉、贖回帳本，而非查出竊賊身分。至於第三樁事件，史卡德完全沒被指派工作，那是一樁搶案，史卡德只是倒楣地身處事發當時的酒吧裡頭，而且也沒被搶。

三樁案件各自包裹了不同題目，這些題目可以用「愛情」、「友誼」之類名詞簡單描述，但真要說明白它們內裡的複雜層次，卻常讓人找不著最合適的語彙。卜洛克擅長用對話表現角色個性和推進情節，因此故事讀來一向流暢直白；流暢直白不表示作家缺乏所謂的文學技法，因為《酒店關門之後》完全展現出這類文字的力量——倘若作家運用得宜，這類看似毫不花巧的文字其實能夠帶領讀者無限貼近這些題目的核心，將難以描述的不同面向透過情節精準展演。

同時，卜洛克也在《酒店關門之後》為自己和讀者重新回顧了史卡德的完整形象，他的私人生活，他的道德判準，以及酒精。《酒店關門之後》的案件都與酒吧有關，故事裡也出現了非常多酒吧——高檔的酒吧、簡陋的酒吧、給觀光客拍照留念的酒吧、熟人才知道的酒吧、正派經營的酒吧、非法營業的酒吧、具有異國風情的酒吧、屬於邊緣族群的酒吧。每個人都找得到自己應該歸屬、宛如個人聖殿的酒吧，每個人也都將在這樣的所在，發現自己的孤獨。

史卡德並非沒有朋友，但每個人都只能依靠自己孤獨地面對人生，不是沒有伴侶或好友的孤獨，而是有了伴侶和好友之後才會發現的孤獨，在酒店關門之後、喧囂靜寂之後，隔著酒精製造出來的朦朧迷霧，看見它切切實實地存在。事實上，喝酒與否，那個孤獨都在那裡，只是少了酒精，有時就會缺乏直視的勇氣；可是理解孤獨，便是理解自己面對人生的樣貌，有沒有酒精，這都是必要的人生課題。

同時，《酒店關門之後》確立了這系列的另一個特色。假若從首作讀起，讀者會知道系列故事按著時序發生，不過與現實時空的連結並不明顯——那是二十世紀七、八〇年代發生的事，至於確切是哪一年則不大要緊。不過《酒店關門之後》開場不久，史卡德便提及事件發生在很久之前、一九七五年，是過去的回憶，而結尾則說到時間已經過了十年，也就是故事裡「現在」的時空應當是一九八五年，約莫就是《酒店關門之後》寫作的時間。史卡德不像某些系列作品的主角那樣，似乎固定停留在某段時空當中，他和作者、讀者一起活在同一個現實裡頭。

再過三年，《刀鋒之先》在一九八九年出版，緊接著是一九九〇年的《到墳場的車票》。卜洛克準備答案所花的數年時間沒有白費，結束了在《酒店關門之後》的回顧，史卡德的時間繼續前進，他用一種與過去不大一樣的方式面對人生，但也維持了原先那些吸引人的個性特質。

在人間與黑暗共舞

從《八百萬種死法》至《到墳場的車票》是我私心分類的「第二階段」，卜洛克在這個階段重新整理了對角色的想法，讓史卡德成為一個更有血有肉、會隨著現實一起慢慢老去、仿若與讀者一同生活在現實的真實人物。而系列當中的重要配角在前兩階段作品中也已全數登場，史卡德的人生即將邁入新的篇章。

我認定的「馬修．史卡德」系列「第三階段」從一九九一年的《屠宰場之舞》開始，到一九九八年的《每個人都死了》為止，卜洛克在八年裡出版了六本系列作品，寫作速度很快，而且每個故事都很精采，人性描寫深刻厚實，情節絞揉著溫柔與殘虐。

雖說先前談到前兩階段共八部作品時一直強調角色塑造，但不表示卜洛克沒有好好安排情節。卜洛克的確認為角色很重要——他在講述小說創作的《小說的八百萬種寫法》中明確寫道：「幾乎所有讀者持續翻閱任何小說的主要原因，就是想知道接下來發生的事，讀者之所以在乎接下來發生的事，則是因為作者描寫人物性格的技巧。小說中的人物若有充分描繪，具有引起讀者共鳴與認同的力量，讀者就會想知道他們下場如何，並深深擔心他們的未來會不會好轉。」「馬修．史卡德」系列可以視為這番言論的實際作業成績。不過，同一本書裡，他也提及寫作之前應該重新閱讀，不是以讀者的眼光閱讀，而是以作者的洞察力閱讀。卜洛克認為這樣的閱讀不是可以學到某種公式，而是能夠培養出一些類似「直覺」的東西，知道創作某類小說時可以用什麼方式。

說得具體一點，「以作者的洞察力閱讀」指的不單是享受故事，而是進一步拆解故事，找出該故事的作者用什麼方法鋪排情節，如何埋設伏筆、讓氣氛懸疑，如何製造轉折、讓發展爆出意外。

開始寫「馬修．史卡德」系列時，卜洛克已經是很有經驗的寫作者；要寫犯罪小說之前，他已經拆解了不少相關類型的作品。史卡德接受的是檢調體制不想處理、或當事人不願交給體制處理的案件，這些案件不大可能牽涉某種國際機密或驚世陰謀，但往往蘊含隱在社會暗角、體制照料不到之處的幽微人性——而史卡德的角色設定，正適合挖掘這樣的內裡。

從《父之罪》開始，「馬修．史卡德」系列就是角色與情節的適恰結合，而在寫完前兩個階段、史卡德的形象穩固完熟之後，卜洛克從《屠宰場之舞》開始加重了情節的黑暗層面。《屠宰場之舞》出現性虐待受害者之後將其殺害、並且錄影自娛的殺人者，《行過死蔭之地》出現綁架、性侵，並以切割被害者肢體為樂的凶手，《一長串的死者》裡一個祕密俱樂部驚覺成員有超過正常狀況的死亡機率，《向邪惡追索》中的預告殺人魔似乎永遠都有辦法狙殺目標。

這些故事都有緊張、刺激、驚悚、駭人的橋段，而在經營更重口味情節的同時，卜洛克持續讓史卡德面對自己的人生課題——前女友罹癌、要求史卡德協助她結束生命；原來已經穩固的感情關係，忽然出現了意想不到變化；調查案子的時候，自己也被捲入事件當中，更糟的是，自己的朋友也被捲入事件當中、甚至因此送命——諸如此類從系列首作就存在的麻煩，在第三階段一個都沒少。

史卡德在一九七六年的《父之罪》裡已經是離職警察，可以合理推測年紀可能在三十到四十之間，因此到一九九八年的《每個人都死了》為止，史卡德處於從三十多歲到接近六十歲的中壯年時期。在人生的這段時期當中，大多數人已經成熟、自立，有能力處理生活當中的大小物事，但也必須承受最多生活壓力——年長者的需求、年幼者的照料、日常經濟來源的提供、人際關係的維繫——而總也在這類時刻，一個人會發現自己並沒有因為年紀到了就變得足夠成熟或擁有足夠能力，毋需面對罪案，人生本身就會讓人不斷思索生存的目的，以及生活的意義。

「馬修・史卡德」系列的每一個故事，都在人間與黑暗共舞，用罪案反映人性，都用角色思考生命。

新世紀之後

進入二十一世紀，卜洛克放緩了書寫史卡德的速度。

原因之一不難明白：史卡德年紀大了，卜洛克也是。

卜洛克出生於一九三八年，推算起來史卡德可能比他年輕一點，或者同樣年紀。在歷經種種人生關卡、頻繁與黑暗對峙的九〇年代之後，史卡德的生活狀態終於進入相對穩定的時期，體力與行動力也逐漸不比以往。

原因之二也很明顯：九〇年代中期之後，網際網路日漸普及，犯罪事件利用網路及相關科技的比例也慢慢提高。卜洛克有自己的部落格、發行電子報，會用電腦製作獨立出版的電子書，也有臉書帳號，這表示他是個與時俱進的科技使用者，但不表示他熟悉網路犯罪的背後運作。要讓史卡德接觸這類罪案並無不可——早在一九九二年的《行過死蔭之地》裡，史卡德就結識了兩名年輕駭客，真要寫這類罪案，卜洛克想來也不會吝惜預做研究的功夫；但倘若不讓史卡德四處走動、觀察人間，那就少了這個系列原有的氛圍。

另一個原因則相對沒那麼醒目：卜洛克長年居住在紐約，世貿雙塔就是史卡德獨居的旅店房間窗景，二〇〇一年九月十一日發生在紐約的恐怖攻擊事件，對卜洛克和史卡德這兩個紐約客而言都是巨大的衝擊。卜洛克在二〇〇三年寫了獨立作品《小城》，描述不同紐約人對九一一的反應與後續生活；史卡德沒在系列故事裡特別強調這事，但更深切地思考了死亡——史卡德這角色是因為死亡才成形的，那樁跳彈誤殺街邊女孩的意外，把史卡德從體制內的警職拉扯出來，變成一個體制外孤獨抵抗人性黑暗的存在。過了二十多年，人生似乎步入安穩境地之際，世界的陡然巨變與個人的生理狀態，則提醒每個人：死亡非但從未遠去，還越來越近。而這也符合史卡德與許多系列配角的狀況，他們和史卡德一樣，都隨著時間無可違逆地老去。

「馬修．史卡德」系列的「第四階段」每部作品間隔都較「第三階段」長了許多。第一本是二〇〇一年《死亡的渴望》，這書與二〇〇五年的《繁花將盡》是本系列僅有「應該按順序閱讀」的作品。下一部作品是二〇一一年出版的《烈酒一滴》，不過談的不是二十一世紀的史卡德，而是《八百萬種死法》之後、《刀鋒之先》之前的史卡德——這兩本作品之間的《酒店關門之後》談的是一九七五年發生的往事，以時序來看，讀者並不知道史卡德在那段時間裡的狀況，那是卜洛克正在思索這個角色、史卡德正在經歷人生轉變的時點，《烈酒一滴》補上了這塊空白。

餘下的兩本都不是長篇作品。《蝙蝠俠的幫手》是短篇合集，可以讀到不同時期史卡德遭遇的事件，讀者會發現即使沒有夠長的篇幅，卜洛克一樣能夠巧妙地運用豐富立體的角色說出有趣的故事。二〇一九年的《聚散有時》則是中篇，也是「馬修．史卡德」系列迄今為止的最後一個故事，事件本身相對單純，但對系列讀者、或者卜洛克自己而言，這故事的重點是交代了史卡德以及系列當中重要配角的生活，他們有的長大了，有的離開了，有的年老了，但仍然在死亡尚未到訪之前，在生命裡碰撞出新的火花，發現新的意義。

最美好的閱讀體驗

「馬修．史卡德」系列的起始是犯罪故事，屬於廣義的推理小說類型，每個故事裡也都能讀出推理小說的趣味，縱使主角史卡德並非智力過人的神探，但他踏實地行走尋訪，反倒看到了更多人間光景、接觸了更多人性內裡。同時因為史卡德並不是個完美的人，所以他的頹唐、自毀、困惑，以及堅持良善時迸出的小小光亮，才會顯得格外真實溫暖。

是故，「馬修．史卡德」系列不只是好看的推理小說，還是好看的小說，不只是好看的小說，還是好的小說——不僅有引發好奇、讓人想探究真相的案件，不僅有流暢又充滿轉折的情節，還有深刻描繪的人性。

讀這個系列會讓讀者感覺真的認識了史卡德，甚至和他變成朋友，一起相互扶持著走過人生低谷、看透人心樣貌。這個朋友會讓人用不同視角理解世界、理解人，或者反過來理解自己。

我依然會建議初識這個系列的讀者，從《八百萬種死法》開始試試自己和史卡德合不合拍，不過或許除了《聚散有時》之外，任何一本都會是很好的選擇——不同時期的史卡德作品會有些不同的質地，但都保持了動人的核心。

這些年來我反覆閱讀其中幾本，尤其是《酒店關門之後》，電子書出版之後，我又從《父之罪》開始依序閱讀，每次閱讀，都會獲得一些新的體悟。史卡德觀看世界的視角未曾過時，卜洛克對人性的描寫深入透澈，身為讀者，這是最美好的閱讀體驗。

〈導讀〉

向困難處去

唐諾

同時，我們覺得，重要的是信念本身是否誠實和有意義……至於結果，那便取決於際遇了。只有際遇才能指明，我們是在同幻影還是同真正的敵人作戰。

——屠格涅夫，〈哈姆雷特與堂吉訶德〉

最近，有一份甫上市就傾售一空的新理財雜誌用了類似的slogan：「有知識，才有財富；有財富，才有自由。」〔編按：本文寫於一九九八年中文第一版出版時〕這兩句擲地如金石的漂亮誓言，震撼了我個人和身旁一干手頭並不寬裕的朋友，把我們從「安貧樂道」這個自我陶醉的保護藉口中打回原形，原來這麼多年下來，我們不但一直活在某種集權鐵幕之中，而且活該被罵「沒知識」。因為還是不太甘心被罵，我們遂由此發展了一堆更加無賴的玩笑，包括，月初發薪日開始跟老闆抱怨：「最近全亞洲自由都貶值了，能不能多給點自由？」包括，我們進一步讓自由成為貨幣計量單位，「你這件新衣服很好看。」「很便宜啊，一件才二百五十個台灣自由。」包括，我們覺得終於懂了，三重幫大財閥林榮三所辦的報紙，明明每事以層峯馬首是瞻，為什麼好意思取名《自由時報》；包括，我們還自認解開了「不自由，毋寧死」這句歷史格言的真正意義：沒有自由，反正早晚得痛苦餓死，倒不如自己早做了斷云云。

自由自由，果然多少罪惡假汝之名而行——

但說正經的，人家這兩句話也不能說完全不對，事實上，不論就歷史經驗，或從理論推演，財富的累積的確有助於人類的解放，比方說，人類早期文明的創造，不來自終日不得喘息的勞動者，而來自占有財富的遊手好閒者，這個「有閒階級創造論」就連馬克思本人都同意，亦早已成為定論了；又比方說，二十世紀中有相當的自由主義者一度相信，人類自由的最後障礙是經濟問題，就像百貨公司中琳琅滿目的商品，依法律，上自王公貴族下至販夫走卒誰都能自由購買——障礙是，你沒有錢。

只是，財富和自由不是連體嬰，不會永遠如此甜蜜的亦步亦趨下去。當財富的追逐和堆積到某個臨界點時，它之於自由的邊際效益不僅可能會降低為零，甚至會呈現負值，這階段，財富就不再是偉大的自由解放者了，反而成為枷鎖。這個效應，特別在資本高度發達、財富大量累積的社會普遍得近乎常識，我們眼前的台灣也差不多走到這樣的階段了，有一句話「胃潰瘍是事業成功者的象徵」，說的就是這麼回事。

解開這枷鎖的方式理論上不難，從邊際效益的角度追下去思考，我們只要通過理性計算、懂得在財富的邊際效益下滑到「不划算」的某一點時停止追逐不就行了。但事實很難這樣，因為金錢不是透明沉默的交換工具，它會直接成為目的本身：當追逐並累積財富直接成為自身的目的，便和理性的、實質的效用脫離，成為抽象的數字增長，成為停不下來、不可能完成、終身實踐的準宗教了，所以我們會看到，蔡萬霖還要賺更多錢，辜振甫就連自己票一齣爛戲也要申請國家「區區幾百萬」的補助，連戰搞個意在選總統的基金會也要行政院撥款上億元——這些人老早就擁有幾百幾十輩子用不完的財富了，多出來這些巧取豪奪的金錢從邊際效益來看頂多是零，但絲毫阻擋不了他們「寧可拿錯，不可放過」的金錢本色。

了解這樣的台灣現況，我們便知道，賺錢這檔子事雖不必有何罪過，但它自身動力十足，實在不待我們再去搧風激勵，為它買贖罪券，更不必飾以知識之美名，奉上自由之冠冕（把這個榮譽保留給另一些孜孜於換不了錢信念的人不好嗎？），要賺，就請大家不必客氣不必慚愧去賺吧！說到這個，就令人分外想念我們這位沒錢沒車沒房子、卻瀟灑自由的紐約好朋友馬修．史卡德先生了。

《謀殺與創造之時》，這部小說有知識有自由，但它不教你如何賺錢，反而會告訴你該停下來了。

浪費與冒險之時

《謀殺與創造之時》，純就偵探類型小說而言，卜洛克這樣子寫這本書，不僅浪費，而且還冒了險——小說中，史卡德這次的委託人「陀螺」是一名自知不保、也果然一開始就被宰的勒索者，此人手中握著三件醜聞，因此，凶手極可能便出自於這三者之中。

之所以說浪費，意思是，卜洛克身為一個靠寫書賣錢的類型小說家，題材即金錢，較合理的方式是，他應該想辦法把這三件罪案分別寫成三本書（甚至三本以上），賣三次錢，而不是這麼慷慨一本書全用掉。

至於冒險，指的是，卜洛克讓史卡德不負死去之人的付託，矢志要逮出凶手，然而，在破案同時，另外兩樁醜聞很難避免也得跟著曝光。我們知道，醜聞的發生，有時純是當事人的罪惡所造成，但也往往來自當事人的不幸與無奈，對這樣不幸而且又沒殺人、且長期飽受醜聞和勒索所折磨的人，揭開他來公平嗎？符合正義和人情嗎？史卡德便得如此時時行走在信念和良心的刀鋒上頭，在慷慨破案和傷及無辜中痛苦的抉擇。

傷及無辜，這會違反類型讀者對實質正義的簡單期待，違反讀者的期待超過某個臨界點，懲罰便伴隨而來——類型讀者的懲罰簡單有效而且很容易辦到，那就是不買你寫的書了，這對類型小說家而言，肯定是致命一擊。

於是，我們便了解了，類型小說的意識形態和情節內容為什麼總是簡單且保守——他們不能沒事冒險，不能「試驗他們的主」讀者，小說家要保有寫作的自由，便得承受損失財富的危險。

只是，方便的路走慣了，人會變懶；容易的事做多了，人會變笨：想的寫的盡是簡單保守的東西，作品會變壞變無趣，因此，也就難怪類型小說家最好的作品往往出現在他前三本書之中，甚至就是第一本。

兩名小說家的兩個有趣例子

在財富和作品水平做二選一，固然，大多數的類型作家可能並不那麼在乎自己的東西是否愈寫愈壞，但人世間畢竟不全然這麼灰黯，還是有些人在乎的，卜洛克顯然便是其中一個。

熟讀馬修．史卡德系列的人都不難發現，卜洛克總不肯「聰明」的避開難題，援引類型小說所允許且慣用的「破案＝正義」的簡易公式進行，他總忍不住昂首往困難或甚至泥淖深處走去，問一些看來徒勞無功、他自己也無力回答的問題，包括生死的問題，包括終極正義的問題，包括人的種種處境問題云云。

在《刀鋒之先》一書之中，卜洛克寫了一段非常有意思的對話大致如此：當時，史卡德的查案陷入泥淖，他有一種拿人錢財卻無力替人消災的懊惱，他那本書裡的女友前共產黨員薇拉安慰他：「你做了工作了。」（You've done your work.）卜洛克用了work這個字的雙關語來回答，work，物理學上我們稱之為「功」，公式是力量和距離的乘積，比方說一物重二十磅，你往前推了六呎，你就等於做了一百二十呎磅的「功」。史卡德說，而他所做的卻像是推一堵牆，推了一整天也沒能讓它移動分毫，因此，儘管你是拚盡了全力，你就是沒有做成任何的「功」。

這讓我想到另一位了不起的小說家格雷安．葛林在他小說《輸家全拿》（*Loser Takes All*，或譯《賭城緣遇》）中一個有趣的發想：書中的主人翁流落到賭城，偶爾從一個老頭手中得到一個必然贏錢的賭法，但這個最後必然大贏的賭法非常詭異磨人，它必須先挨過一定階段的輸錢，只能輸不能贏，而且明知是輸亦一步也不能省——我記得寫小說也是葛林迷的朱天心引用過這個例子，據說她在新小說能順利開筆之前總要經過同樣短則數日長則數星期的枯坐思索（在小說題材業已鎖定的狀況下），明知一無所獲仍得每天帶著書、草稿本和筆到寫作的咖啡館報到，她的口頭禪便是：「去輸錢。」

這兩個有趣小說家的有趣例子，其中有一點是一致的：那就是解決困境的階段性不均勻，它不是「一分耕耘一分收穫」式的每投一分心力就有一分進展，相反的，在過程中你像整個人浸泡在彷彿無際無垠的困境之中，除了困惑和徒勞之外什麼也沒有，然後忽然有一天牆開始動了，賭錢的輪盤開始跳出你押的數字來。

兩個例子不同點在於，葛林讓我們看到辛苦長路末端的光明終點，你挨夠了輸錢便能瞬間大贏，卜洛克則不給我們任何確切的答案，你推的極可能就是一堵根本不會動的牆。

被丟棄的困境

困境這種過程的絕對不均勻和結果的高度不確定，使它很難被管理，被做成有效的評估和有步驟的計畫，換句話說，極容易和我們的「合理化」要求牴觸。

美國已故星座名家古德曼老太太在談射手座的高遠之志時曾說：「……瞄準天上沒人看得到——或說稍有理性的人都不當它存在——的目標。」事事講求合理的人，不會明知山有虎卻一定要走這條路，他會繞道；不會像昔日的梵谷一樣把自己給曝晒在法國南方的烈日和貧窮之中，瘋子一般畫下自己眼中心中的圖像，他會放棄；也不會花三年五年時間去辛苦經營一部賣不了兩個錢或甚至連出版都不能的長篇小說，他會轉業或乾脆到意識形態廣告公司去謀職賺容易的錢……

所以說，困境之難，還不在於難以承受和克服，而是它總是「聰明」的被忽視被棄置，「策略性」「技術性」的被繞過。

當然，對一個社會絕大多數的人來說，懂得如此避開應該算好事，生活夠艱難的了，每個社會也都備有相當的機制包括宗教、心理諮詢、自由經濟市場等等直接間接引領我們躲開這種泥淖困境，好讓人生活得開心一些，然而，如若整個社會所有人都這麼聰明，那就不能不說是一種缺憾或很遺憾了，這樣的社會很容易變懶，失去思省的厚度和深度，拓展不開心靈的邊界和視野，亦容易喪失應有的想像力。

因此，我們遂不得不對某些個聰明才智之士，尤其是從事某種「拓展思維和心靈疆界」志業的人，有著較嚴厲點的期盼，希望他們矢志不回，不躲不避。

向自討苦吃的人致敬

如果還能更嚴厲一點，我們不光希望他們不閃躲，而且更主動一些哪裡有困難往哪裡去——台灣的名導演侯孝賢在一次談拍片經驗時，曾說過「給自己出狀況」，意思是，他往往會在拍片進行到順利如流水的時刻，提醒自己緩下來停下來，甚至主動丟幾個障礙給自己，嘗試一些較困難的角度和手法，他的創作經驗告訴他，太滑太沒阻力的進行往往會讓作品的幅單調而薄，等剪片時會發現宛如單行道一般再沒其他的可能和彈性了。

要人家如此自討苦吃，我們在這裡似乎便有責任做些必要而乏味的提醒了——在創作所關注的人文思維領域之中，就像卜洛克所一問再問的正義問題、生死問題、人的種種處境問題，往往並不伴隨一個妥善的終極答覆，它既不像葛林的方子所應允的必然贏錢結果，倒也不盡如卜洛克的牆那般悲壯的動也不動，毋寧，它更像個古老無趣的比方：地平線。你可能察覺自己的推動工作有所進展，但弔詭的是，你和終極答案的距離關係似乎一無變化，這是數學最基本的無限概念。

所以說，「只重過程不問結果」是不是？不，當然不是這麼虛矯甜美的氛圍，相反的，你必須去問結果，想盡辦法去逼近結果，即使面對的是不可逾越的堅城，而你手中所有的，不過是一匹瘦馬、一支生銹的長矛和一具拼拼湊湊的鎧甲，你仍得奮力攻打，如此，它的過程才是壯麗的、也充滿啟示的。

對這樣自討苦吃的人，我們無以為謝，就讓我們為他脫帽致敬吧！

惟在頭生那人降世之後，
始得教導汝等，
凡若有人毀其任一子嗣，
此經將視之為滅世之罪，
並降罰之。

——塔木德經

|

連續七個星期五他都打電話來，有時候我接到，有時候他留話在我旅館的信箱裡。那無關緊要，因為我們沒有什麼話要說，連信箱裡的留言，我也是隨便瞄一眼就扔了。

然而，在四月的第二個星期五，他沒有打電話來，我整晚在第九大道阿姆斯壯酒吧裡喝波本威士忌和咖啡，看兩個實習醫生企圖勾引兩個護士卻徒勞而返。就星期五而言，客人散得是早了點。兩點左右，崔娜下班回家，比利把門鎖上。我們又喝了兩杯，一邊談論著威利斯．瑞德如何一手掌握尼克隊的興衰。一直到三點十五分，我才拿起外套回家去。

沒有留言。

這不代表什麼，他可能忘了、喝醉了或是任何原因。我們約定：他每個星期五打電話來，讓我知道他還活著。如果我在，我們就隨便打個招呼，若我不在，他就會留話：你的衣服洗好了。

我脫了衣服，躺在床上看窗外。約十到十二個街區外一棟辦公大樓的燈還亮著。從燈火迷濛的程度可以判斷空氣污染的程度，那個晚上那棟樓的燈不僅閃爍得很厲害，甚至好像籠罩在一層暈黃裡。

我翻過身來，閉上眼睛想著那通沒來的電話，我下了結論，他不是忘了，也不是喝醉了。

陀螺死了。

∞

陀螺是他的綽號，因為他褲子口袋裡總是放著一枚舊銀幣當幸運符。他常習慣性的把銀幣掏出來，用左手食指豎在桌角，再用右手中指把銀幣彈出去讓它像陀螺般旋轉。他在跟你講話的時候，眼睛直盯著轉動的銀幣，好像也在對著銀幣講。

我最後一次目睹他的這個動作，是在二月初的某個平日午後。我在阿姆斯壯酒吧角落裡的老位子坐著，他來找我，穿得一身光鮮：閃著光澤的珍珠灰西裝，深灰色有字母組合圖案的襯衫，配上與襯衫同色的絲質領帶、珍珠領帶扣，一吋半高的鞋跟，使他看起來有五呎六、七吋高，手臂上掛著像是喀什米爾毛料的深藍色外套。

「這不是馬修·史卡德嘛？你還是老樣子，都多久沒見了？」

「兩三年囉。」

「真他媽的久。」他把外套放在空椅子上，一個輕巧的手提箱疊上去，再把窄邊灰色帽子放在手提箱上。他在我對面坐下，掏出銀幣轉著玩。「真他媽的太久了！馬修。」他對著銀幣說。

「你混得不錯嘛，陀螺。」

「最近挺走運的。」

「那不錯啊。」

「要是能一直走運的話啦。」

崔娜過來，我再點了一杯咖啡和一杯波本酒。陀螺轉向她，瘦削的臉擠成一副可憐相，「唉，不知道——」他說，「我可不可以要一杯牛奶？」

她說沒問題，然後便走開去拿飲料。「我不能再喝酒了，」他說，「都是該死的潰瘍！」

「聽說它通常伴隨著成功而來。」

「伴隨著惡化才是真的啦。醫生列了一張禁食清單給我，所有我愛吃的都在上面。我奉命執行了；這下我可以到一間高檔餐廳，然後點一份他媽的酸奶乾酪來吃了。」

他又拿起銀幣轉著。

我跟他是多年前在警局認識的。

他有十來次因一些小事被逮到，而他總能很巧妙的用錢或情報替自己脫身。他幫我順利逮到一個收贓者，還有一次他提供我們一條凶殺案的重要線索。那段時間，他賣情報給我們，用十塊二十塊交換他偶然聽來的消息。他個子小又不起眼，手段還很高明，因此有許多人都笨到不曉得要提防他。

他說：「馬修，我可不是剛好路過進來的。」

「我感覺得出來。」

「是啊，」轉著的銀幣開始搖搖晃晃了，他一把就抓住它。以前我們猜他是個兼差扒手，但我想應該沒有人逮到過他。「我有麻煩了。」

「麻煩也是伴隨著潰瘍來的。」

「你他媽說得沒錯。」陀螺說，「是這樣的，我有樣東西想交給你保管。」

「哦？」他啜了一口牛奶，放下杯子，用指尖敲打著手提箱，「裡面有個信封，是我要你保管的東西。把它放在一個沒人能發現的地方，行嗎？」

「信封裡有什麼？」

他不耐煩的輕搖了一下頭，「你不必知道。」

「我得保管多久？」

「好了，重點來了。」銀幣轉著，「瞧，有很多事情能發牛在一個人身上，我可能一出門，下了人行道台階就被公車撞死。所有的事情都可能發生在一個人身上，我的意思是說，你永遠不會知道。」

「有人找你麻煩嗎？」

他的眼光轉向我，很快又移開了。「大概是吧。」

「你知道是誰嗎？」

「我連到底是不是真有這回事都不確定了，怎麼會知道是誰呢？」銀幣搖晃著、被抓住，然後又轉起來。

「這個信封就是你買的保險？」

「可以這麼說。」

我喝了口咖啡，說：「我不確定我是否能勝任。這類事情的處理方式通常是：你把信封交給律師，告訴他該怎麼做，然後他會把信封鎖進保險箱裡。」

「我想過。」

「然後呢？」

「甭提了。我認識的律師，只要你前腳出門，他後腳就打開他媽的信封。要是碰上正派的律師呢，不過看了我一眼，就要跑出去洗手。」

「不至於吧。」

「不只如此，如果我被車撞了，那個律師還是得把信封交給你。我們算是省了中間人，對吧？」

「這個信封跟我有什麼關係？」

「等你打開的時候就會知道，『如果』你打開的話。」

「所有事情都是這麼拐彎抹角的，不是嗎？」

「最近所有事情都很詭異，馬修。包括潰瘍和它的惡化。」

「還有你那一身行頭，我看那應該是你這輩子穿過最好的衣服吧。」

「對，他們應該就直接這樣把我埋了。」銀幣繼續轉著。「哪，你現在要做的就是把信封放在保險箱或者什麼東西裡、或是放在任何地方，隨你的便。」

「假如是『我』被車撞了呢？」

他想了一下，我們解決了這個問題。到時候，那個信封會放在我旅館房間的地毯下，陀螺會來取回他的財產。他不需要鑰匙，他從來就不需要鑰匙。

我們接著擬出細節，每週通一次電話，我不在就留言。

我又點了一杯酒，陀螺的牛奶還剩很多。我問他為什麼找上我。

「因為，你對我一向直來直往，馬修。你離開警局多久了？兩年了嗎？」

「差不多。」

「我知道，你是辭職的，詳細情形我不太清楚，你是殺了個孩子還是什麼的？」

「是啊，執行任務的時候，一顆子彈亂跳。」

「所以上頭怪罪你、找你麻煩嗎？」

我看著我的咖啡回想那件事。一個夏天夜晚，熱到幾乎可以看見蒸騰的熱氣。在華盛頓高地的遠景酒吧裡，空調機運轉超過了負荷。我下了班，到那兒喝酒，只不過對警察來說，從來就沒有真的「下班」這回事。兩個孩子挑了那個晚上搶那個地方，他們離去時射殺了酒保。我在街上追捕他們，殺了其中一個，打碎了另一個的大腿骨。

但是，一顆跳飛的子彈正中一個七歲女孩艾提塔·里維拉的眼睛，並穿過軟組織進入大腦裡。

「我問太多了，」陀螺說，「我根本不該提這件事。」

「不，沒關係。我並沒有惹上麻煩，事實上，我還獲得嘉獎。後來開了個聽證會，說我沒有過失。」

「然後你就辭職了。」

「我對那份工作失去了興趣。也失去了其他東西，長島的房子、太太和兒子。」

「人生就是這樣。」他說。

「我想也是。」

「那麼，你現在做什麼呢？私家偵探？」

我聳聳肩，「我沒執照。有時候我幫人做事，他們付我一點酬勞。」

「好了，言歸正傳——」銀幣轉著。「你會幫我吧？」

「如果你要。」

他撿起轉了一半的銀幣，看看它，然後放在藍白格子的桌布上。

我說：「你不想被幹掉吧，陀螺。」

「他媽的，當然不想。」

「你脫不了身嗎？」

「也許可以，也許不行。這部分我們就別討論了，嗯？」

「隨便你。」

「如果有人想幹掉你，你他媽還能怎麼辦呢？什麼都做不了！」

「或許吧。」

「你會為我處理吧？馬修。」

「我會看緊你的信封。我不知道如果必須打開它時我會怎麼做，因為我不知道裡面是什麼。」
「如果有事情發生了，你自然會知道。」
「我可不保證會去做，不管那是什麼。」
他注視了我好一會兒，好像想從我臉上讀出些我不知道的東西來。「你會做的。」他說。
「也許。」
「你會的，如果你不做，我也不會知道，所以說，管他的。聽著，你想先收多少？」
「我不知道我到底該做什麼。」
「我是說，保管那信封，你要多少錢？」
我從來不知道價錢怎麼訂。想了一下，我說：「你這西裝很不錯。」
「哦？謝謝。」
「在哪兒弄來的？」
「克隆菲爾的，在百老匯吧？」
「我知道在哪裡。」
「你真的喜歡嗎？」
「它看起來很適合你。花了你多少錢？」
「三百二十塊。」
「那就是我要的。」

「你要這件西裝？」

「我要三百二十塊。」

「噢，」他甩了一下頭，笑著說：「你差點把我搞昏了，我不知道你他媽的要我這件西裝幹嘛。」

「我不認為它適合我。」

「我想也是。三百二十塊？嗯，我想這數目要幹什麼夠了。」他拿出一只厚厚的鱷魚皮夾，數了六張五十和一張二十出來。三——二——零」他唸著，遞給我，「如果這件事拖久了，你想加錢就告訴我。好嗎？」

「行，如果我必須跟你聯絡的話——」

「免談。」

「好吧。」

「我是說，你沒必要聯絡我，而且我就算想給你地址也沒得給。」

「好吧。」

他打開手提箱，拿給我一個九乘十二吋、兩頭用強力膠帶封得嚴密的牛皮紙信封。我接過來放在旁邊的凳子上。他再轉了一次銀幣，拾起它，放進口袋裡，招手要崔娜過來結帳。我讓他請客。他付了帳，外加兩塊錢小費。

「什麼事那麼好笑？馬修？」

「我從來沒看過你搶著付帳，只看過你偷拿別人給的小費。」

「哦，很多事會變的。」

「我想也是。」

「我也不是常常偷拿別人給的小費，肚子餓的時候什麼事都做得出來。」

「當然。」

他站起來，遲疑了一下，伸出手來，我握了握。他轉身要走時，我叫住他。

「幹嘛？」

「你說那些律師會在你一出門就打開信封？」

「那還用說。」

「你怎麼知道我不會？」

他看著我，就像我問了一個蠢問題。「你很正直。」他說。

「哦，天哪！你也知道我以前會拿錢的，我還讓你用線索交換放人耶，我的老天爺。」

「是啊，但是你對我總算是公平，那就叫正直。除非必要，你不會打開那個信封的。」

我知道他是對的，我只是不知道他怎麼知道的。「保重！」我說。

「你也是。」

「過馬路時當心點。」

「啊？」

「當心那些車！」

他笑了一下，但我不認為他覺得好笑。

那天稍晚，我拐進教堂待了一會兒。塞了三十二塊到那個沒什麼錢的濟貧箱裡，坐在後面的板凳上，想著陀螺。他的錢太好賺了，我什麼都不用做。

回到旅館房間，我把地毯捲起來，把信封袋放到床鋪中央的地毯下。打掃房間的歐巴桑就算偶爾用吸塵器吸地毯，也從來不會搬動家具。我把地毯鋪回去，馬上就忘了那個信封。只有每個星期五的電話或留言會讓我確定陀螺還活著，而信封也可以繼續留在那兒。

2

接下來三天，我每天都看早、晚版報紙，等那通電話。星期一晚上，回房途中我拿了一份《紐約時報》的早版。「大都會要聞」版裡，通常報導一些犯罪事件。在「警局紀事」欄的最後一則，我看到了我要找的東西：一個身分不詳的男子，白人，約五呎六吋高、一百四十磅重，年齡四十五左右，被人從東河中撈出，頭蓋骨破裂。

看起來好像是他。除了年齡略輕體重較重以外，其餘的描述都十分接近我對他的印象。我無法確定那是陀螺，甚至不能確定那個人——不管他是誰——是被謀殺的。頭蓋骨的傷可能是他掉進水裡時弄的。報上沒說他在水裡泡了多久，如果在十天以上，那肯定不是陀螺——我上上個星期五還和他通過電話。

我看了看錶，現在打電話給人聊聊還不算太晚，但若是想要打聽點什麼，就明顯是太晚了。然而現在就打開那個信封還言之過早，我不想那麼做，除非我確定他死了。

那晚一直睡不著，我多喝了幾杯。早上醒來，頭疼欲裂、嘴裡發苦，我吃了阿斯匹靈、漱了口之後，下樓到火燄餐廳吃早餐，拿了一份晚版的《紐約時報》看，沒有進一步關於浮屍的消息，「警察紀事」的內容跟早版一樣。

艾迪．柯勒現在是西村第六分局的副隊長了，我從房間打電話給他，「嗨！馬修，」他說，「好久沒見了！」

其實沒多久。我先問候他的家人，他也問候我的家人。「他們很好。」我說。

「你隨時可以回來。」他說。

我沒辦法，有一大堆理由使我不想再重操舊業，也沒辦法再戴上警徽出任務什麼的。但這並沒有阻止他繼續問問題。

「我猜你大概還不想再下海吧？」

「完全不想，艾迪。」

「所以你寧願住在垃圾堆，撿錢過日子。聽著，你想喝酒喝到死，那是你自己的事。」

「沒錯！」

「但是你有免錢的酒不喝，卻要自己掏腰包，這算什麼？你是天生的警察胚子，馬修。」

「我打電話給你的原因是——」

「是啊，打電話還要有理由，不是嗎？」

好一會兒我都不講話，然後才說：「我看到報上有件事，我想你可以讓我少跑一趟停屍間。昨天在東河撈出一具浮屍，小個子、中年人。」

「怎樣？」

「你能不能幫我看看他的身分查出來了沒？」

「可以吧，你為什麼要知道？」

「我幫人找一個失蹤的丈夫，他有點像報上形容的。我是可以去認認看，但我只看過他的照片，而那屍體又在水裡泡了一陣子——」

「好吧，你那個傢伙叫什麼名字，我去查。」

「不如倒過來吧，」我說，「我這件事得私下進行，如非必要，我不希望名字曝光。」

「我想我可以打幾通電話。」

「如果那是我要找的人，你會得到一頂帽子。」

「我想的也就這麼多，如果它不是呢？」

「你會得到我十二萬分的感謝。」

「去你的！」他說，「我希望那是你要找的人，我用得著一頂帽子。嘿，想起來真是好笑。」

「怎麼說？」

「你正在找一個人，而我卻希望他已經死了。想想看，不是挺有趣的嗎？」

四十分鐘以後，電話響起。他說：「真可惜，我的帽子沒了。」

「身分還沒查出？」

「噢，查出來了。他們用他的指紋確認身分，但他不會是有人花錢僱你去找的人。他真是個奇葩，在警局的檔案有一碼那麼長，你以前一定也碰到過他一兩次。」

「他叫什麼名字？」

「雅各·雅伯隆。老是做一些告密、偷竊之類的事。」
「名字有點熟。」
「人家叫他陀螺。」
「我認識他，」我說，「好幾年沒見到他了，他老是拿一個銀幣轉著玩。」
「是啊，他轉的銀幣現在陪他進墳墓了。」
我吸了一口氣，說：「他不是我要找的人。」
「我想也不是。我看他不像人家的丈夫，就算是，他老婆一定不會想找他。」
「不是老婆要尋人。」
「不是嗎？」
「是他的女朋友。」
「他媽的。」
「我根本不認為他在城裡，但我還是可以哄她幾塊錢來花花。一個人要想躲起來，是很容易的事。」
「通常是這樣，但是如果她要給你錢——」
「那是我的感覺。」我說，「陀螺在水裡泡了多久？他們查出來了沒？」
「他們說大概四五天，你為什麼有興趣？」
「能採到指紋，我想應該是最近發生的事。」

「噢，不難，指紋能維持一星期。有時候更久，得看河魚的情況。想想，為一具浮屍採指紋——媽的，要是我去做的話，包準會好幾天吃不下飯，更別說驗屍了。」

「對啊，那應該不難。他應該是被敲破頭死的。」

「想想他是什麼樣的人，我敢說一定是被打死的。他可不是那種會去游泳，然後不小心腦袋撞到橋柱的人。敢不敢打賭他們一定不會把這案子當謀殺案來辦？」

「為什麼？」

「因為他們不希望未來五十年這件案子都結不了，而且誰會想要絞盡腦汁去調查像陀螺這種混混是怎麼死的？就這樣，他死了，反正沒有人會為他哭。」

「我以前跟他還算處得來。」

「他是個卑鄙的小惡棍，不管誰殺了他，都算是替社會做了件好事。」

「大概吧。」

8

我從地毯下拿出信封，膠帶貼得很牢，我用小刀沿著折邊割開一條縫，然後拿著那封信在床沿呆坐了幾分鐘。

我其實不太想知道裡面是什麼。

過了一會兒，我打開信封，接著花了三個小時研究它的內容。它解開了幾個疑點，但卻產生了更多疑點。最後我把信封裝好放回地毯下。

警方會把陀螺這案子掃進地毯下藏起來，這也是我對他託付的信封要做的事。有很多事我可以做，但是在我有足夠時間理出頭緒前，我什麼都不想做，那封信也將繼續藏在那兒。

我拿了本書往床上一躺，看了幾頁以後才發現自己沒法專心，而房間似乎變小了。我走出去在外面逛了一會兒，然後到幾個地方喝了幾杯。我從旅館對面的寶莉酒吧開始，然後是集客來、安塔爾與史畢羅酒吧，半途在一個攤子停下來吃了兩份三明治。最後拐進阿姆斯壯，一直坐到崔娜當完班，我邀她坐下，想請她喝一杯。

「只一杯哦，馬修。我還得去別的地方見見朋友。」

「我也是，但是我不想去那些地方，也不想見那些人。」

「你可以乾脆喝醉了不去管他。」

「也不是不可能。」

我到吧台拿了兩杯酒，我喝純波本，她喝伏特加摻奎寧水。她舉杯說：「敬犯罪嗎？」

「你真的只有喝一杯的時間嗎？」

「我甚至連這一杯的時間都沒有，一杯已經是我的極限了。」

「那麼，別敬犯罪了，我們為缺席的朋友乾杯。」

3

在打開信封以前，我大概就猜到裡頭有什麼了。一個靠探聽消息過活的人，忽然搖身一變，穿著三百塊的西裝，不難想像他是怎麼弄來的。一輩子出賣消息的陀螺一定是弄到了些他捨不得賣的東西，這次他以出賣沉默來取代出賣消息。勒索比告密好賺得多，因為這種商品不是一次賣斷的，他可以一次又一次的賣給同一個人。

唯一的問題是，這種人容易短命。從他飛黃騰達那天開始，他就成了高風險族群；先是有了惡化的潰瘍，然後有個被敲凹的腦殼和游不完的泳。

勒索者需要保險。他必須運用手段使對方相信不能以消滅勒索者來終止勒索，必須有個人——律師、女友、或任何人——在幕後掌握了使對方不安的證據，如果勒索者死了，證據就會落到警方手裡，而弄得大家知道。每個勒索者都會讓對方知道這一點。有時候勒索者沒有同謀，也沒有待寄出的證據，因為帶著證據的人是非常危險的，所以勒索者只是嘴上這麼說，而期望那個傻瓜相信他的虛張聲勢。有時候對方會相信，有時候不會。

也許一開始，陀螺就告訴對方有這麼一個信封。但是到了二月間，他開始怕了，確定有人想要幹掉他，所以他把所有證據放在一起。要是這個手段失效的話，一個實質的信封並不能替他保命；他一樣會死，這他也清楚得很。

不過，他終究是個專家。儘管他大半輩子都只騙些小錢維生，但一樣是個專家。而身為一個專家，他不會衝動行事，只會想辦法討回來。

雖然，他還是惹上了麻煩。而且當我割開他的信封看過內容之後，他的麻煩也變成我的了，因為陀螺知道他必須向某人討回公道。

但不知道該向誰去討。

∞

我首先看到一封信，是用打字的，這使我猜想他可能哪次出手多偷了一部打字機而賣不掉，所以乾脆留在身邊。他大概沒用過打字機，信裡滿是按錯鍵的字和詞，字母間也有不少跳格。太多拼錯的字倒使這封信有趣起來，但總算還能看出他的意思：

馬修：

如果你正在讀這封信，就表示我已經是個死人了。我希望能安然度過，不過還是別指望這個了。昨天有部車爬上人行道向我衝過來，我想是有人要幹掉我。

我正在勒索人；我偶然打聽到一些相當值錢的消息。在偷搶拐騙中打滾多年，我終於走上這條路了。

他們有三個人，詳細資料在其他幾個信封裡。現在問題是，如果我死在其中之一手裡，我不知道是哪一個。每一個都像是被我用一根繩子套住，但不知是那根繩子勒死了我。

這個叫普拉格的，前年十二月他女兒撞倒了一個騎三輪車的小孩，因為她正在吊照期間，又是超速等等，她開溜了。普拉格比上帝還有錢，他撒錢擺平了每一個人，所以他女兒從來沒有被抓過。所有的資料都在信封裡。普拉格是第一個，我偶然從酒吧裡的某個人聽到他的事，我請那個人喝了幾杯，他就統統告訴我了。我可沒拿普拉格任何他負擔不起的東西，他付我錢的樣子就好像一般人月初繳房租一樣自然，但誰知道一個人什麼時候會發瘋——也許他真的瘋了。媽的，如果他要我死，隨便就找個人把我幹掉。

至於那個叫伊斯瑞奇的娘兒們，純粹是我狗屎運。我在報紙的社會新聞版看到她的照片，發現我幾年前看的一部A片是她演的。我追查所有她上過的學校，但順序卻湊不起來；我再下一些工夫研究之後，發現她有兩年銷聲匿跡，跑去幹些重口味的勾當，我拿到一些照片和其他你即將看到的醜行。我跟她打過交道，不知道她丈夫是否知道這些事。她可是個能夠殺人不眨眼的狠角色，你只要看她的眼神就會明白我的意思。

惠森達是第三個，這回我可是駕輕就熟，因為事情進行得太順利了。就我所知，他太太是個女同性戀。不過馬修你也知道，這其實也沒什麼大不了。但他可是有錢得要死，而且還想競選州長。所以嘍，我為什麼不往下挖挖看呢。女同性戀沒什麼大不了，有太多人已經知道這回事，如果把這消息散布出去，搞不好還吸引了女同性戀者的票，而把他送上寶座呢。我當然不管這個，我的疑點是——他為什麼要娶一個女同性戀？也許他有什麼怪癖。所以我不眠不休努力找，終於又發現事情不單純：他不是個普通的同性戀，他喜歡年輕男孩，愈年輕越好。那是病態，令人反胃。我蒐集到一些零碎資料，例如有個孩子因為「內傷」住院，是惠森達付的帳。但我想要放長線釣大魚，所以我設計了些照片。我是怎麼弄到這些照片的並不重要，不過的確有人在背後幫我。他看到那些照片的時候，肯定都嚇得拉屎了。這筆生意花了我一些錢，但這是有史以來最棒的投資了。

馬修，如果有人幹掉我，必定是他們三個之一，或是他們僱人幹的。我希望你做的是，好好的整死他們，我是指幹掉我的那個，不是另外兩個老實人。這也就是我為什麼不能把這些東西委託律師去交給警方，因為那些乖乖配合的人理應獲得解脫。萬一這些東西落入壞警察手裡，他也去搞敲詐，那麼殺了我的人除了繼續付錢出去，就一點屁事也沒有了。

第四個信封上有你的名字，裡面有三千塊是給你的。我不知道是否應該更多才夠，或應該給多少才恰當，你也可以把錢放進口袋，其他東西丟掉，反正我已經死了不會知道。

為什麼我認為你會幫我追查呢？因為很久以前我注意到你一件事，就是你認為謀殺和其他罪行是不同的。我也是。在我一生中做了不少壞事，但我沒殺過人，以後也不會。我認識幾個殺過人的傢伙——無論是真是假——我都會跟這種人保持距離。這是我的原則，我想你也是，所以你可能會幫我追查，再說一次，如果你不做，我也不會知道了。

你的朋友

雅各・「陀螺」・雅伯隆

星期三早上，我把信封從地毯下拿出來，再仔細研究證據部分，把一些細節記在筆記本上。這包東西不能放在身邊，因為一旦開始行動，我就會曝光，這個房間就藏不住東西了。

陀螺釘他們釘得夠緊。沒有足夠的證據證明亨利・普拉格的女兒絲泰西撞死三歲小孩麥可・利特夫，但是在這個案子裡，充分的證據不是一定必要。陀螺提供了一家普拉格修過車的車廠名、被警方和威徹斯特檢察官傳訊過的人名，和一些零碎的相關資料。如果把這包東西給一個好的專題記者，他絕不會讓它閒著。

至於貝芙莉・伊斯瑞奇的資料就更生動了。有幾張四乘五的彩色照片，和六段從電影膠卷上剪下來的底片，底片上可以很清楚看出她在做什麼。這些事本身是沒那麼具破壞力，很多人在年輕時候做的荒唐事，都可以在幾年後一筆勾銷——尤其是在醜聞普遍的社交圈裡。

但陀螺可真是下了一番工夫，他從伊斯瑞奇太太——以前叫貝芙莉・吉德赫斯特——少女時代離開瓦薩追查起。發現她在聖塔巴巴拉因賣淫被捕，緩刑。在拉斯維加吸毒狂歡，證據不足獲釋。家裡似乎花了不少錢才把她弄出來。在聖地牙哥她跟一個出了名的皮條客搞仙人跳，有天東窗事發，她轉為檢方的污點證人，獲得緩起訴；而她的同伴則獲判一到五年的有期徒刑，淪落到佛森監獄去。就陀螺所找到的資料來看，她只有一次服完刑期——在歐中賽德因醉酒妨害治安被拘留十五天。

後來她回到這裡，嫁給科密特．伊斯瑞奇。如果她不曾讓照片剛好在錯誤的時機上了報，她就什麼事都沒有。

惠森達的資料就很難消化得掉。文件證據看來沒什麼特別：一些男孩的名字，惠森達和他們發生性關係的日期，一件惠森達為十一歲男孩傑佛瑞．克拉馬申請治療的醫院記錄。但是下面這些照片使他看起來絕對不像是下一任的紐約州州長。

那些孩子將近有一打，照片拍得非常戲劇化，最不堪入目的一張是：惠森達正插入一個瘦弱黑小孩的肛門，那孩子的表情痛苦扭曲。照片中小孩直視著鏡頭，其他照片有幾張也是這樣，很可能他們臉上的表情只是做戲，但那肯定會讓九成市民看了就立刻想要把惠森達吊死。

4

下午四點半，我置身公園大道一棟玻璃帷幕大樓的二十二樓接待室，房間裡只有我和接待小姐兩個人。她坐在一張U形烏木桌後面，膚色只比桌子淺一點，頭髮是緊捲的非洲式。我坐在跟桌子同色的樹脂長椅上，一張白色小桌上散放著一些雜誌：《建築公會》、《科學人》、幾本《高爾夫雜誌》、上星期的《運動畫刊》。我不認為雜誌上有什麼我想知道的內容，所以我沒動它們，只看著對面牆上一小幅油畫，那是一幅外行的海景：許多小船在不平靜的海面載浮載沉，在顯著的位置上畫了幾個男人斜倚在小船邊上。他們看起來像在嘔吐，但很難令人相信畫家想表達的是暈船。

「那是普拉格夫人畫的。」女孩說。

「他太太？畫得不錯。」

「普拉格先生辦公室裡的，也都是她畫的，有這樣的天分實在太棒了。」

「是啊。」

「而且她從來沒學過繪畫。」

接待小姐比我更為讚賞此事，我不禁猜想普拉格太太是什麼時候開始畫畫的。大概是子女長大以後吧。他們有三個小孩：一個男孩在水牛城大學讀醫科，一個女兒嫁到加州，最小的就是絲泰西。他們現在離巢遠飛了，只剩下普拉格太太住在遠離塵囂的萊伊濱海房子裡，畫著狂風暴雨的海景。

「他現在講完電話了，」那女孩說，「還沒請教您尊姓大名。」

「馬修・史卡德。」我說。

她用電話通知他我在這裡，我沒指望我的名字對他有任何意義。顯然是沒有，因為她問我來訪原因。

「我是為了麥可・利特夫的案子來的。」

如果那是裝的，普拉格裝得很好，她傳達了他的困惑。「打帶跑合作社，」我說，「麥可・利特夫案，那是個機密事件，我確定他會見我。」

事實上，我確定他一點都不想看到我，但是她轉達了我的話以後，他就不能逃避了。「他現在就與您見面。」她說，並且用她的捲毛小腦袋瓜指點我進那個房間——上面標識著「閒人勿進」。

他的辦公室格局不小，有一面落地窗可以俯瞰市景。裝潢得很傳統，跟接待室粗俗的現代化陳設成明顯對比。三面牆都鑲上深色木料——一塊塊的實心板而不是三夾板那種玩意兒，地毯是波爾多葡萄酒的紅褐色。牆上有不少幅畫，內容全是海景，毫無疑問這都是普拉格太太的大作。

我在圖書館裡的報紙微卷上看過他的照片，只是半身照，但是照片中的人看起來比現在站寬大皮面桌子後面的人高大。照片上的臉孔容光煥發且平靜自信，但現在卻顯得憂慮並且懷著戒心。

我走向桌子，兩人站著互相打量，他似乎在考慮是否要伸出手來。他否決了這項考慮。

他說：「你叫史卡德？」

「正是。」

「我不清楚你想幹什麼。」

我也是。桌旁有張紅皮面木扶手的椅子，我拉來坐下，而他還站著。他猶豫了一會兒，也坐下了。我等了幾秒鐘，想讓他先說些什麼，他卻好整以暇的等著我。

我說：「我先前提過一個名字，麥可．利特夫。」

「我不認識。」

「那麼我再提一個人，雅各．雅伯隆。」

「我也不認識。」

「是嗎？雅伯隆先生是我的夥伴，我們一起做點生意。」

「什麼生意？」

「哦，東做一點，西做一點，沒一樣比得上您的成就。您是位建築顧問吧？」

「沒錯。」

「大規模的計畫。社區發展、辦公大樓之類的。」

「那算不上是什麼機密情報，史卡德先生。」

「它一定很值錢。」

他看著我。

「事實上，您剛才所用的詞『機密情報』，就是我要跟您談的。」

「哦？」

「我的夥伴雅伯隆先生突然出城了。」

「我不明白這——」

「他退休了，」我說，「他辛苦工作了一輩子，普拉格先生，後來他得到了一大筆錢，你知道的，所以他就退休了。」

「希望你講重點。」

我從口袋拿出一個銀幣，轉了它，但不像陀螺眼睛盯著銀幣，我看著普拉格。要是他會玩撲克牌的話，他可以帶著這張臉到任何一個地方打牌，而且肯定會打得很好。總之，從他的表情你完全看不透他心裡想什麼。

「這種東西你沒看過多少吧，」我說，「幾個鐘頭以前，我到銀行去想買一個，行員瞪了我一眼才說去找錢幣商買。我以為一塊錢就是一塊錢，你知道嗎？以前不是一直都這樣？好像它裡面的銀成分值個兩三塊錢，收藏品的價格甚至更高。相信嗎？我花了七塊錢才買到這個。」

「你要它幹什麼？」

「幸運符啊。雅伯隆先生有個銀幣就跟這個一樣，至少在我看來是一樣的。我可不是錢幣收藏家，也就是鑑定錢幣的專家。」

「我知道何謂錢幣收藏家。」

「哦，我可是今天才知道，原來一塊錢不再只是一塊錢。雅伯隆先生出城的時候如果把他的一塊錢留給我的話，我就可以省下七塊錢了，但是他留了其他可能比七塊錢更有價值的東西給我。你瞧，他給我這個裝滿文件的信封，有些文件上有你的名字，還有你女兒以及剛才我提過的名字。比如說，麥可．利特夫，不過你不知道這個名字，對不對？」

銀幣已經停止轉動。陀螺總是在它搖晃的時候就一把抓住，而我讓它倒下去。人頭朝上。

「我想，既然這些文件上有你的名字，還跟別的名字扯在一起，你應該會想擁有它們。」

他什麼都沒說，我也想不出其他的話好說了。我拈起那枚銀幣，把它再轉了一次。這回我們兩個都盯著它。它在皮面桌子上轉了好一會兒，然後它閃著銀光、搖搖晃晃、倒下，又是人頭朝上。

普拉格拿起桌上的電話，按了對講鍵。他說：「今天到此為止，莎莉。把答錄機打開，先回去吧。」頓了一下，又說：「還有，那些可以等，明天我再簽，你現在可以下班了。」

一直到外面那間辦公室的門開了又關了，我們都沒說話。然後普拉格往後靠在椅背上，雙手疊抱在胸前。他滿胖的，但沒胖到手上。他的手形修長，手指也長。

他說：「我猜你是想接手——他叫什麼名字來著？」

「雅伯隆。」

「接手雅伯隆的生意。」

「有點那個意思。」

「我可不是有錢人，史卡德先生。」

「你也不窮啊。」

「是的，」他同意，「我是不窮。」他的眼光看向我身後一會兒，可能停在一幅海景上。他說：「我女兒絲泰西曾經度過一段艱難期，在那段時間裡，發生了一件非常不幸的意外。」

「死了一個小孩。」

「死了一個小孩。儘管聽起來很無情，我還是要說這類事情無時無刻不在發生。人們——兒童、成人，都沒差別——每天都有人死於意外。」

我想起了眼睛中彈的里維拉，我不知道我的表情有什麼變化。

「絲泰西的困境——她的過失，如果你要那麼說的話——不在於意外事件，而在於事後她的責任。她沒有停下來，即使她停下來，對那個孩子一點幫助也沒，他當場就死了。」

「當時她知道嗎？」

他閉上眼睛，一會兒睜開。「我不知道，」他說，「那重要嗎？」

「也許不。」

「那次意外，如果她停下來，我相信她會被判無罪。是那個小孩騎著三輪車衝出人行道跑到她面前的。」

「我想她那時嗑了藥。」

「如果你要說大麻是藥的話。」

「叫什麼名字不重要，對不對？如果她沒有變得遲鈍的話，也許就不會發生意外了。也或許她還會有點理智在撞到小孩後停下來查看，雖然也沒差就是了。她茫了、她撞到小孩、她沒停下來，然後你費盡心力替她洗脫。」

「我這樣做錯了嗎？史卡德。」

「我怎麼知道？」

「你有小孩嗎？」我遲疑了一下才點頭。

「那你會怎麼做？」

我想起我的孩子。他們還沒到可以開車的年齡。他們到了會吸大麻的年紀了嗎？可能。如果遇到普拉格一樣的情況，我會怎麼做？

「我會盡我所能，」我說，「讓他們脫身。」

「當然，每個父親都會這樣。」

「那一定花了你不少錢。」

「超過我所能負擔的。但我不能不負擔，你知道。」

我撿起銀幣看著它，鑄造日期是一八七八年，比我老得多，也比我保養得好。

「我以為那件事已成過去了，」他說，「那是個夢魘，但我把它徹底處理掉了。我交易的那些人，他們了解絲泰西不是罪犯。她是個出身好家庭的好女孩，她已經經歷了一段痛苦的日子。那是很常見的，你知道。他們明白，一個可怕的意外已奪去一個生命，沒有理由再去毀掉第二個。這次經驗——這樣說很可怕，幫助了絲泰西。她長大了，成熟了，不再嗑藥，而且她生命中有了更多目標。」

「她現在在做什麼？」

「她在哥倫比亞大學研究所讀心理學，她希望將來為心智障礙兒童工作。」

「她多大？二十一歲？」

「上個月滿二十二歲了，出事那年她十九歲。」

「我想她在城裡有層公寓吧？」

「是的。為什麼問這個？」

「沒什麼。看來她過得不錯嘛。」

「我的孩子都發展得不錯，史卡德。絲泰西只是有一兩年不太好罷了。」他的眼光忽然變得銳利了，「那麼我必須為這一個錯誤付多久代價，這是我想知道的。」

「我想也是。」

「那麼——」

「雅伯隆的鉤子刺得多深？」

「我不懂。」

「你付他多少？」

「我以為他是你的夥伴。」
「這倒不盡然。多少？」
他猶疑了一下，然後聳聳肩，「第一次來我給他五千塊錢，他讓我以為不會再有下次。」
「當然不可能。」
「我也知道。過沒多久他又來，他說需要更多錢。最後我們達成基本協議，每月一付。」
「多少？」
「兩千塊。」
「你負擔得起。」
「沒那麼輕鬆。」他苦笑一下，「我希望能有辦法把它抵銷掉，你知道的，用某種方式把它列為生意支出。」
「找到方法了嗎？」
「沒有。你幹嘛問這麼多？想從中判斷可以在我身上搾出多少嗎？」
「不是的。」
「這整個談話，」他忽然說，「有點不對勁。你不像個勒索人。」
「為什麼？」
「我不知道。那種人工於心計、狡猾，而你雖是工於心計，但方式不同。」
「人有很多種。」

他站起來，「我不想沒完沒了的付下去，」他說，「我不要過得好像隨時有把劍對著我。該死，這對我不公平。」

「我們可以想個辦法解決。」

「我不希望我女兒被毀掉，我也不想被搾乾。」

我拈起銀幣放回口袋。我無法說服自己是他殺了陀螺，但也不完全排除，而我同時也愈來愈厭惡自己扮演的角色。我推開椅子站了起來。

「怎麼樣？」

「我會再跟你聯絡。」

「那要花我多少錢？」

「不知道。」

「我會付你跟他一樣多，但不能再多了。」

「你準備付多久呢？一輩子？」

「我不明白。」

「也許我能找出雙方都滿意的辦法，」我說，「到時候我會讓你知道。」

「如果你的意思是付一大筆錢一次解決，我怎麼相信你？」

「這是必須解決的問題之一，」我說，「我會告訴你的。」

5

我約了貝芙莉．伊斯瑞奇七點鐘在皮耶飯店的酒吧見面。離開普拉格的辦公室以後，我進了一家麥迪遜大道上的酒吧。那兒已變成廣告人的巢穴，噪音頻率高得使人無法放鬆情緒，我喝了些波本就走人。

往第五大道途中，我在聖多瑪斯教堂停下來，進去找了張椅子坐下。發現自從辭職、和孩子老婆分開以後，教堂反而成了常到之處。其實我不知道教堂是幹什麼用的，但紐約大概只有教堂是能讓人思考的地方。我不確定那是它們唯一吸引我的原因，比較像是為了某種自我探尋，雖然一點都不知道在探尋什麼。我不祈禱，什麼也不信。

但它們是個坐下來思考的好所在。坐在聖多瑪斯教堂裡，我想了一下亨利．普拉格其人。實際上，這次思考沒什麼結果。若他少些戒心而多些表情的話，我或許能有點結論；他一點也沒有撇清的意思，但假使他能在陀螺已有戒備的情況下還做了陀螺，他也能使我搞錯方向。

把他看做凶手，我覺得不對勁，然而要把他當做勒索受害人，也不對勁。他不知道這一點，我也沒有時間告訴他，但他早該叫陀螺帶著他的垃圾滾蛋才是。花了那麼多錢去掩蓋罪行，應該不會有人能夠抓住他的把柄。他女兒幾年前犯了罪，最嚴厲的控訴應該是開車撞死人，但是以過失殺人起訴的可能性更大些，而且應該會判緩刑。經過這些年後，即使再把真相公布出來，對他和她也不會有多大的影響了。也許會招來一些非議，但是不足以毀了他的生意或他女兒的前途。所以在表面上，他沒有多少理由接受陀螺的勒索，更別說是殺他了。除非還有更多我不知道的事。

他們三個——普拉格、貝芙莉．伊斯瑞奇、惠森達——都曾付錢給陀螺叫他安靜，直到其中之一決定要他永遠安靜。我得做的，就是找出那個人來。

而我真不想這麼做。

這有幾個理由。最好的理由就是，我不能像警察一樣給那個凶手一槍。我想做的是，把陀螺的信封丟在一個好刑警的桌上，讓他去處理。警方所掌控的死亡時間一定比柯勒給我的含糊估計精確得多，他們可以對那三個人做徹底的訊問、核對不在場證明，這些就幾乎足以使案子水落石出了。

這當中只有一件事不對：凶手砰的一聲就了結，但另外兩位可要灰頭土臉了。我很想把信封丟給警察算了，反正他們三個都是有污點的人。

一個撞了就跑的凶手、一個妓女兼坑人專家、一個骯髒的變態——陀螺有他個人的道德觀，他覺得他對那沒殺他的人有義務，因為他們花了錢收買他。但他們可沒收買我，我不欠他們的。

警察是一個選擇。如果我一直查不出關鍵來，最後還是要交給警方處理。但在這個時候，我打算試試看。所以我約了貝芙莉．伊斯瑞奇見面，也出其不意探訪了亨利．普拉格，明天則是去看西奧多・惠森達。到後來，他們都會發現我是陀螺的繼承者，他的鉤子還是牢牢的勾住他們。

一群遊客從走道經過，相互對祭壇上精巧的石雕指指點點。我等他們走了以後，又坐了一兩分鐘才離開。經過門邊，我看了一下門上的濟貧箱，上面寫著：你可以選擇贊助海外教會工作或幫助無家可歸的孩子。我從陀螺給我的三十張百元鈔中抽出三張，塞進幫助流浪兒童的濟貧箱細縫中。

有些事情，我做了也不知道為什麼。其中一件是：繳十分之一的稅。也就是說，每賺一筆錢，都拿出十分之一捐給任何一間我剛好經過的教堂。天主教教堂得到的比較多。倒不是我有所偏好，而是它們多半全天開放。

聖多瑪斯教堂是主教派，門上有塊牌子說他們全天候開放，以便過往行人能在此躲避曼哈頓商業區的喧囂。我想遊客的捐獻足夠教堂花費了。瞧，現在就已經有三百塊了，算是一個死去勒索人的好意吧。

出了教堂，我朝上城走去，是該讓那位女士知道誰代替陀螺的時候了。一旦他們都知道，我辦這件事就容易多了，只消坐下，放鬆心情，等著殺陀螺的那個人來殺我。

6

皮耶飯店的雞尾酒吧是用藍色燈罩裡的小蠟燭來照明，一桌一盞，桌子雖小但兩桌間的距離卻相當寬，每張白桌子配兩、三把藍色天鵝絨椅子。

我站在黑暗中，眨眨眼睛，尋找一個穿白色褲裝的女人。在座有四、五位女士是沒人護花的，但沒有一個穿褲裝。我再找貝芙莉．伊斯瑞奇，才發現她坐在遠處牆邊的一張桌子，她穿了一件海軍藍緊身衣，配了一串珍珠項鍊。

我把大衣給衣帽間管理員後，直接走向她。如果她看到我接近，應該會把眼光轉過來吧。她動都沒動。我坐到她對面椅子上，她才看著我，「我在等人。」她說完就不理我了，一副就此打發掉的樣子。

「我是馬修．史卡德。」我說。

「那對我有什麼意義？」

「你很厲害，」我說，「我喜歡你的白色褲裝，那比較像你。你是想看看我能不能認出你，然後就知道我是否真的有那些照片。這一點你很聰明，但何不乾脆要我帶一張來？」

她的眼光轉向我，我們對看了幾分鐘。這張臉跟我在照片上看到的一樣，但它很難讓人相信這兩個是同一個人。我不知道是否她本人看起來比較老，但她打扮得十分成熟。不只如此，她還有一種從容又有教養的氣質，那跟照片上、還有許多拘留記錄的女孩是不相容的。這張臉，氣質高雅；這談吐聲調，也顯示她待過好學校，受過栽培。

然而她說：「該死的警察，」她的臉和聲音隨著她說的話，所有的好教養都消失了。「你怎麼跟這事件扯上關係的？啊？」

我聳聳肩，剛要說話，一個侍者過來了，我點了波本酒和咖啡，她則點頭示意再來一杯她剛才喝的飲料。不知道那是什麼，只見杯子裡有不少水果。

等侍者離開，我說：「陀螺要出城一陣子，他希望他不在的時候，我幫他繼續做這筆生意。」

「當然嘍。」

「有時候事情就是這樣。」

「當然。你逮捕他，然後他把我當門票一樣丟給你。他一定被貪污警察逮到了。」

「你覺得和誠實的警察打交道會比較好嗎？」

她撥了一下頭髮，直的、金色的，我想那是時下流行的沙宣髮型，但比照片上的短得多了，顏色倒是一樣，也許顏色是天生的。

「誠實的警察？上哪兒去找？」

「他們說這世界上總是有好警察的。」

「是啊，指揮交通的那幾個。」

「總之，我不是警察，但我收錢。」她的眉毛揚了一下，「我離開警界好幾年了。」

「那我有點搞混了，你到底是怎麼蹚進這渾水的？」

要不是她真的糊塗了，就是她明知陀螺已死卻裝得天衣無縫。這就是問題所在。我是在跟三個人打撲克，卻不能邀他們到同一張桌上來打。

侍者送來飲料。我啜了一口波本，咖啡喝掉半吋，把剩下的酒倒進咖啡裡，這是一種喝醉而不宿醉的好方法。

「這樣吧——」她說。

我看著她。

「請你開門見山吧，史卡德先生。」有教養的聲音又出現了，她的臉色又回到先前的從容自若。「我想我大概得付出些代價，對吧？」

「每個人都要過日子，伊斯瑞奇太太。」

她突然笑了，不論是自然的還是做作，整個人都因此亮了起來。「我想你應該叫我貝芙莉，」她說，「一個見過我嘴裡含著別人老二的男人這樣正經八百的叫我，感覺好怪。人家怎麼叫你？馬修？」

「通常是。」

「出價吧，馬修。要多少錢？」

「我是不貪心的。」

「我打賭你跟所有的女孩都說過這句話。你有多不貪心？」

「我要你跟陀螺協議的一樣，對他足夠的數目對我也夠了。」

她若有所思的點頭，嘴角露出一絲笑容，她伸出一隻優雅的手指送到唇邊，輕咬著指尖。

「有意思！」

「哦？」

「陀螺沒告訴你多少。我跟他沒協議。」

「哦？」

「我們曾試過找出一個協議，我可不想每個禮拜付錢付到死。我給過他一些錢。過去半年來，加加總有個五千塊了吧。」

「那不算多。」

「我也跟他上過床。我寧願多給錢、少上床，但我沒有很多錢。我老公有錢，那是另一回事，你知道，我沒什麼錢。」

「但你能提供很多性服務。」

她明顯的舔舔嘴唇，使它更富挑逗性。「我以為你沒注意到。」她說。

「我注意到了。」

「我很高興。」

啜了些咖啡，我環視四周，每個人都裝扮得體，使我覺得格格不入。我穿了我最好的行頭，但看起來還是像個警察。坐在我對面的這個女人，拍過春宮電影、賣過淫、搞仙人跳。我已經顯得侷促不安了，她可是非常的自在。

我說：「我想我寧願要錢，伊斯瑞奇太太。」

「叫我貝芙莉。」

「好吧，貝芙莉。」

「或叫貝芙也行，只要你喜歡。我功夫很好的，你知道。」

「我相信你很行。」

「人家說我可是既有專業的技巧，也有業餘的熱情哦。」

「我也相信。」

「畢竟你手上有照片為證。」

「對，但恐怕我對錢的需求比對性的需要大一些。」

她慢慢的點點頭，「跟陀螺，」她說，「我曾經試著做安排。我現在沒有多少可用的現金，我賣了一些珠寶，那也不過是拖延時間而已。如果我有時間，就能籌到一筆錢，我是說很大的一筆。」

「有多大？」

她當沒聽到，繼續說：「該死的，我是少年荒唐過，但那只是暫時的。我的心理醫師說那是一種宣洩內心焦慮和敵意的激進方法。現在，我是一個清白的、受人尊敬的女人。你知道我很上道的，我知道這種遊戲的規則，一旦你開始付帳，就得一輩子付下去。」

「通常是這種模式。」
「我不要這種模式，我要一次花筆大的拿回所有東西，但在技術上很難克服。」
「因為我可以無限次拷貝那些照片。」
「你當然可以拷貝，你更可以把那些資料統統存在腦袋裡，光那些資料就夠毀掉我了。」
「所以，你需要一樣保證，保證一次付清、下不為例。」
「對。我得要有一樣勾住你的鉤子，使你不會想保留任何照片，或回頭再給我一槍。」
「這倒是個問題，」我同意的說，「你曾經在陀螺身上試過這種方法嗎？」
「試過，但我們找不出彼此都能接受的辦法，在那段期間，我用性和小額交易來滿足他。」她舔了一下嘴唇，「那是很有趣的性活動，他對我很有反應。我想那樣一個小個子男人應該沒有很多和年輕又有吸引力的女人上床的經驗，當然他一定有召過妓。但是他持有我的那些照片，而且他知道我的很多事，所以對他來說，我是一個特別的人。我不覺得他有吸引力，我也不喜歡他，不喜歡他的態度，更恨他掌握我的弱點。然而，我們一起做了些很有趣的事，他很別出心裁。我不喜歡『必須做』那些事，但我喜歡『做』那些事，我想你明白我的意思。」
我什麼都沒說。
「我可以告訴你我們做了些什麼。」
「不用麻煩了。」
「光是聽我描述，就會使你興奮的。」

「還是算了吧。」

「你不怎麼喜歡我，是嗎？」

「是不怎麼喜歡。不，我高攀不上，不是嗎？」

她喝了點飲料，然後又舔了一次唇。「你不會是我第一個帶上床的警察。」她說，「當然你開始玩這一局，那就是其中一部分。我碰到過的警察，沒有一個不擔心自己的性能力，我想這是為什麼他們要帶槍跟警棍那類的東西，你認為呢？」

「可能是吧。」

「我個人認為，其實每個警察的那話兒，長得都跟其他人的沒什麼兩樣。」

「我想我們扯得太遠了吧，伊斯瑞奇太太。」

「叫我貝芙莉。」

「我想我們該談談價錢了，一筆大數目，這麼說吧，然後你就可以擺脫鉤子，而我可以收起釣竿。」

「我們討論的是多少錢？」

「五萬塊。」

我不知道她預期的是什麼，也不知道當她和陀螺在昂貴的床單上滾做一團的時候，是否曾討價還價。她嘟起嘴唇吹了一個無聲的口哨，表示我提的數目實在太大了。

她說：「你的主意真貴。」

「你只要付一次就了結了。」

「回到一開始的問題，我怎麼知道是一次就了結了？」

「當你付清這筆錢時，我會給你一個我的把柄，那是好幾年前幹的一件事，它會使我被關很久。我可以寫一份很詳細的自白，你給我五萬塊時，我給你自白書和那些陀螺要脅你的東西。這樣就能牽制我不再打什麼主意。」

「不只是警察貪污那類的事？」

「不是。」

「你弄死了某人？」

我什麼也沒說。

她考慮了一下，拿出一根菸，用修整得很好的指甲輕敲著一頭。我想她在等我為她點菸，而我動都沒動，讓她自己去點。

最後，她說：「那也許可行。」

「我等於是在自己脖子上套個活結，你不用擔心我會跑掉，或拉扯那根繩子。」

她點頭，說：「那麼只有一個問題了。」

「錢？」

「那是問題所在。我不能殺點價嗎？」

「我想是不行。」

「我真的沒那麼多錢。」

「你老公有啊。」

「可沒在我口袋裡啊，馬修。」

「我大可以跳過你這個中間人，」我說，「把這些貨直接賣給他，他會買。」

「你這混蛋！」

「怎麼？他不會買嗎？」

「我會去籌錢，你他媽的。事實上，他很可能不買，然後你所擁有的也就玩完了，不是嗎？你所擁有的、我的生命、我們談的這些全都沒了，那麼你想你還要冒這個險嗎？」

「除非必要，當然不嘍。」

「你的意思就是我得去籌錢了，那你得給我時間。」

「兩個禮拜。」

她搖頭，「至少一個月。」

「那超過我預定要留在城裡的時間。」

「如果我能更快籌到的話，我當然會更快去籌。相信我，你愈早遠離我，我愈喜歡。但我得花上一個月的時間。」

我告訴她，一個月是可以，但希望她別拖那麼久。她則說我是雜種、婊子養的，然後又突然擺出誘人的姿態，問我難道不想帶她上床幹些他媽的什麼事兒嗎。我還寧願她罵我混蛋、婊子養的。

她說：「我不希望你打電話給我。我要怎麼跟你聯絡？」

我給了她我住的旅館的名字。她假裝不露聲色，但我看得出來，她對我的坦白十分驚訝。顯然，陀螺從不讓她知道怎樣可以找到他。

這一點我不怪他。

7

西奧多．惠森達在他二十五歲生日那天，繼承了兩百五十萬元遺產；一年後，他娶海倫．戈得溫又得到一百萬；接下來五年左右，他們的財富增加到近一千五百萬。三十二歲那年，他賣掉他事業的股份，從沙點沿岸搬到第五大道上一棟豪華公寓裡，開始投身公共事務。總統派任他加入一個委員會，市長安排他到公園管理處當主管。他樂於接受記者訪問，也會製造新聞材料，報章雜誌都喜歡他，所以他的名字常常出現。過去幾年間，他對全州發表過幾次演講，出現在每一次民主黨募款餐會上，擔任各種會議召集人，經常上電視談話節目。他總是說自己不會競選州長，但我想連他自己的狗都不相信這一點。他不但想選，而且還努力鋪路，他既然有許多錢可花，就會有許多政治支持者可使喚，而且他個子又高、長得好看且散發著魅力，要是他真能從政——此點有待商榷——無論他加入左翼或是右翼，都足以左右中間選民。

他在背地裡使的錢財已經讓他獲得黨內提名，要是他能從三名競爭者中脫穎而出，那麼他參選的贏面就非常大了。他才四十一歲，眼光可能早已越過紐約州首府阿爾巴尼，而望著華盛頓的方向。

但是，一疊猥褻照片能在瞬間終結這一切。

他在市政廳有個辦公室。我乘地鐵在錢伯斯街下車，過馬路就是，但我繞道走中央大道，在警察總局前站了一下。對街有一間酒吧是我們以前出席刑事法庭前後常去的地方；現在去喝一杯有點早，而且我也不想碰見任何人，所以我決定去市政廳，設法拜訪惠森達。

他的祕書是個有點年紀的女士，灰髮如鐵絲，藍眼十分銳利。我說我要見惠森達，她問我名字。

我拿出銀幣來，「看仔細了，」我說，並在她的桌角彈銀幣使它轉了起來。「現在告訴惠森達先生我剛才做了什麼，告訴他我要單獨見他。現在。」

她盯著我看了一會兒，好像是想判斷我是否神智正常，然後伸手去拿電話，但我輕按住她的手。

「你親自去問他。」我說。

她稍側了下頭，又盯著我看了一下，然後輕聳了一下肩膀，站起來走向他的辦公室，並把門帶上。

她在裡面沒待多久就出來了，略顯疑惑的告訴我惠森達先生願意見我。我已經把大衣掛在衣帽架上了，打開惠森達的門、進去、關上門。

他正在看報紙，頭也沒抬就說：「我想我們說好你不再到這兒來了。我認為我們協議的——」

然後他抬起頭來，看到我，臉色變了一下。

他說：「你不是——」

我把銀幣拋向空中，接住它。「我也不是傑佛瑞．克拉馬。」我說：「你以為是誰？」

他看著我，我也想從他臉上看出點什麼來。他本人比報紙上的照片好看，更比我手上那些拍立得照片好看。他坐在一張銀灰色不銹鋼書桌後面——房間裡的陳設是標準的市政府辦公配備。他大可以像其他人一樣，自己重新裝潢辦公室，我不知道他沒那麼做人家會怎麼說，或他希望人家怎麼說。

我說：「那是今天的《紐約時報》嗎？如果你會想到另一個帶著銀幣的人，那你報紙看得可能不夠仔細。看第三頁第二欄，找找那頁的最下面。」

「我不明白這有什麼關係。」

我指指報紙，說：「去找啊，第三頁、第二欄。」

當他找到那一段正在看的時候，我站在那兒等著。我是早餐時看到的，如果不是仔細找的話，我也會錯過那則消息。原本我不確定這是否會上報，但的確有三個段落表示東河撈起的屍體確認為雅各．陀螺．雅伯隆，還介紹了他職業生涯中的精華片段。

當惠森達讀那則短文時，我仔細的觀察他，他的反應再正常不過了，面無血色、太陽穴青筋跳動，雙手緊握得報紙都撕破了。這顯然可以當成是他不知道陀螺已經死了，但那也可能是他沒料到屍體會浮上來，忽然明白自己陷在一個泥沼中。

「天啊，」他說，「那就是我擔心的，那就是為什麼我要——噢，上帝啊！」

他既沒看著我，也不是跟我說話，我覺得他好像忘了我的存在，他是看著未來，看到它跌進排水溝裡去了。

「就如我所擔心的，」他又重複了一次，「我一直提醒他。他曾說，如果他出了什麼事，他的一個朋友會知道怎麼處理那些……那些照片。但是他不必提防我，我告訴他不必提防我，我願意付出代價，他也知道；如果他死了，我怎麼做呢？『你最好希望我永遠活著』，他是這樣說的。」他抬眼看著我，「現在他死了，」他說，「你是誰？」

「馬修．史卡德。」

「你是警察嗎？」

「不是，我離開警界好幾年了。」

他眨著眼疑惑的說：「我不知道……我不知道你幹嘛來這裡。」聲音聽起來若有所失又無助，如果他哭起來，我也不會訝異。

「我是所謂跑單幫的，」我解釋道，「幫人家辦點事到處賺點零用錢。」

「你是私家偵探？」

「也不盡然是，我隨時張著眼睛和耳朵打聽消息，大概是這樣。」

「我懂了。」

「我從報上看到我的老朋友陀螺．雅伯隆死了。這正給我一個機會為某人辦點事。事實上，那人就是你。」

「哦？」

「我猜陀螺可能有一些你想要的東西，所以嘛，你知道的，只要隨時眼觀四面、耳聽八方，你永遠不會曉得我能打聽到些什麼。然後我就想啦，這其中應該多少有些報酬吧。」

「我明白了。」他正要往下說，電話響了。他拿起電話告訴祕書他不接任何電話，但這一通是他的長官打來，所以他還是接了。當西奧多・惠森達和紐約市長通電話時，我拉了一張椅子坐下來，但我沒注意對話內容。講完電話，他用內線交代，對所有來電話的人說他出去了。然後他轉向我，重重的歎了一口氣。

「你認為會有一筆報酬？」

我點頭：「以彌補我花的時間和金錢。」

「你是雅伯隆所說的那個……朋友嗎？」

「我是他的朋友。」我承認。

「你有那些照片嗎？」

「可以說我也許知道照片在哪裡。」

他用雙手捧住額頭，手指抓著頭髮；他的頭髮是淺棕色的，不長不短，配合他的政治地位設計得不會引起任何人不舒服。

他從眼鏡上方看著我，又歎了一口氣，用平穩的聲調說：「我會付你一大筆錢換回那些照片。」

「我能理解這一點。」

「這報酬會是……很大一筆。」

「我想可能是。」

「我負擔得起一大筆錢……我好像還沒問過你的名字。」

「馬修・史卡德。」

「哦，對了。通常我很善於記名字的，」他瞇著眼說，「如我所說，史卡德先生，我負擔得起一大筆錢，但負擔不起那些東西一直存在。」他深吸了口氣，坐直了，說：「我將是下一任紐約州長。」

「很多人都這麼說。」

「將會有更多人這麼說。我有機會，我有創意，我有遠景。我不是受那些大老闆恩惠而任他們使喚的人；我自己有錢，我不必靠公共工程賺錢，我會是個優秀的州長，這個州需要一個好領導，我會——」

「也許我會投你一票。」

他苦笑，說：「我想現在不是發表政見的好時候，對吧？尤其是我刻意否認我是候選人的時候。你一定能了解這件事對我有多重要，史卡德先生。」

我什麼都沒說。

「你想好了要多少報酬嗎？」

「這得交由你自己決定。當然了，報酬愈高，回饋也愈好。」

他雙手合十，想了一下：「十萬塊。」

「那還真是大方。」

「這是為了我要絕對取回所有的東西所付出的報酬。」

「你要怎麼確定你拿回了所有的東西？」

「我想過這一點。我跟雅伯隆也有這個問題，我們的交涉——也在這個房間裡——因而變得複雜了。我本能的知道，我的未來將永遠受他擺布，如果我給他一大筆錢，他遲早會把它花光，然後回頭找我要更多。據我所知，勒索人多半是這樣。」

「通常是。」

「所以，我每星期付他一筆錢。每星期一個信封，像是照順序還舊帳一樣，我覺得好像在付贖金——某種意義上是的——我在贖回我所有的明天。」他靠回木質旋轉椅，閉上了眼睛。他有好看的頭型、堅毅的面容。我猜他的內心多少有些軟弱，從他的舉止就看得出來；而遲早這樣子的人格也會顯現在一個人的臉上，只不過是早晚之別。不過就算他的軟弱已經跑到臉上，我也看不出來。

「為了我的明天，」他說，「我可以負擔每星期一付，我可以把它當做——」閃過一絲苦笑——「一項進行中的競選費用。困擾我的是這個一直存在的威脅，不是指雅伯隆，而是他死後可能會出現的狀況。老天哪，哪個地方不死人！你知道每天平均有多少紐約人被謀殺嗎？」

「過去是三個，」我說，「每八小時就有一件殺人案，那是平均數。我想現在應該更多了。」

「我聽說的是五個。」

「夏天更多。去年七月的某一星期就超過五十個，其中十四個在同一天遇害。」

「是啊，我記得那個星期。」他眼神飄忽了一會兒，顯然想得出神了。我不知道他是在計畫當上州長以後如何減少殺人案呢，還是在想怎樣把我列入遇害名單中。他說：「我能假定說雅伯隆是被謀殺的嗎？」

「除了謀殺還有其他可能嗎？。」

「我早就料到了。我是說，我擔心它會發生。那種人，他的行業就是有被殺的高風險，我確信我不是他唯一的受害人。」他在最後一個字上提高了音調，並等著我肯定或否定他的猜測。我反過來等著他，他只好繼續說下去：「但就算他沒被謀殺，史卡德先生，人是會死的，他們不會永遠活著。我當然不喜歡每個禮拜付錢給那位狡猾的紳士，但期待停止付錢給他卻是更糟糕。他可能死於任何事，事情多得很，譬如說，用藥過量啦。」

「我不認為他用過藥。」

「哪，你明白我的意思。」

「他可能會被公車撞死。」我說。

「就是這樣。」又一聲長歎，「我不能再經歷一次這種事了。我坦白說清楚，如果你……找出那些東西，我會給你我剛才說的數字。十萬塊，用你指定的方式付款，如果你喜歡的話，匯到瑞士的私人帳戶也可以，或者付現給你。我只希望完整拿回那些東西，而你保持沉默。」

「有道理。」

「我想應該是。」

「但你怎麼證明你拿回了所有的東西？」

他的眼睛銳利的盯著我，然後說：「我認為自己善於識人。」

「那麼你判斷我是誠實的？」

「差多了。絕無侮辱的意思，史卡德先生，但這樣的結論在我的立場來說是太天真了，不是嗎？」

「很可能。」

「我的判斷是，」他說，「你是個聰明人。所以，讓我把話說清楚；我將付給你我剛才提過的數目，如果未來某一天，你用任何藉口想再跟我敲詐，我會跟某些人接觸，然後你會被幹掉。」

「那你不就會惹上麻煩了嗎？」

「也許會，」他同意我的說法，「但處在這樣的情況下，我必須冒這個險。而且前提是，我相信你是個聰明人。我的意思是說，你不會笨到想去查證我到底是不是在虛張聲勢。還有十萬塊絕對夠了，我認為你不會笨到把財神爺往門外推。」

我想了一下，慢慢點了頭。「還有個問題。」

「說吧。」

「你怎麼沒想到跟陀螺提這個主意？」

「我想過了。」

「但你沒那麼做。」

「是的，史卡德先生，我沒那麼做。」

「為什麼？」

「因為我認為他不夠聰明。」

「我想這一點你是對的。」

「你為什麼這樣說？」

「他最後落得沉在河裡的下場，」我說，「就足以表示他不夠聰明。」

8

那天是星期四。中午以前我離開了惠森達的辦公室，然後試著規畫下一步該怎麼走。三個人我全見過了，他們都有所警覺，也都知道在哪裡可以找到我。我對陀螺這些交易多了解了一些細節，但是沒多多少。普拉格和伊斯瑞奇一點也不像知道陀螺已死，惠森達看到報導時則顯得十分震驚而沮喪，所以我只能說除了暴露自己的身分成為他們的靶子以外，什麼事也沒做成，也不知道這樣做對不對。

我相信自己表現得像一個講理的勒索人。他們其中之一曾試過謀殺，但是沒有解決問題，所以也許凶手不想再試一次。那麼，我可以從貝芙莉・伊斯瑞奇那兒得到五萬塊，從西奧多・惠森達那兒拿到十萬，還有亨利・普拉格的一筆還沒談好數目。這一切都太美了，只除了一件事——我要的不是發財，是要追查凶手！

很快的週末到了。我花了點時間在圖書館的微卷資料室裡，盯著《紐約時報》的微卷看，找些關於他們三個人的親友交往資料。在亨利・普拉格投資購物中心的報導的那一版上，我看到了自己的名字。那是我離開警界前一年辦的一件漂亮案子；我跟我的搭檔逮到一個海洛因批發商，他有一船足以讓全世界吸毒過量的貨。如果不是因為它的結果，我會對這件案子更自豪。那個大毒鼻有個好律師，整件事僅用技術性問題就解決掉了；當時的傳聞是他們花了整整兩萬五千美元好讓法官「神智清楚」。

你得學著看開像這一類的事。事後我們雖然沒法把那個雜種關起來，但我們狠狠整了他。他失去了一船的貨，那使得他不只收不到賣貨的錢，還要付出一大筆買貨的錢。看到他挨槍我曾更高興，然而能在自己能力範圍內讓他得到一些報應，這也算是公平了。

禮拜天我撥了一個熟悉的電話號碼。安妮塔來接的，我告訴她已經寄了一張匯票去。「我最近賺了點錢。」我說。

「好啊，我們會想法子用它，」她說，「謝了。你想跟孩子們說話嗎？」

我想又不想。他們正好到了我跟他們說話比較容易的年紀，但講起電話來還有點笨拙。我們聊了聊籃球。

剛掛上電話，我就冒出個怪念頭，我突然覺得或許日後我不會再跟他們聊天了。陀螺天性謹慎，他保持低調，是個身在暗處才覺得舒服自在的人，但他畢竟還是不夠謹慎。而我是習慣了公開現身，事實上我有時還必須待在公開場所好引誘對方來殺我。如果殺陀螺的凶手決定給我一槍，他很容易就能完成任務。

我想再打通電話和他們聊聊，應該有些比較重要的事可以跟他們聊吧，但我沒辦法集中精神去想到底要跟他們聊些什麼。幾分鐘後，想打電話的衝動就沒了。

那晚我有很多酒要喝。還好那時沒人試圖來幹掉我，因為那真是再簡單不過了。

8

星期一早上我打電話給普拉格，因為我繫他脖子上的繩索放得太長了，現在得猛拉它一下。他的祕書告訴我他正在講另一通電話，問我要不要等一下。過了一會兒，她回頭確定我還在線上，就把電話接給他。

我說：「我找到解決問題的方法了。警方一直想逮捕我，但他們永遠沒法掌握證據。」他不知道我以前就是警察，「我可寫一份自白書，並附上足夠的證據。我會把自白書給你，做為我們交易的一部分。」

這跟我和貝芙莉．伊斯瑞奇的協議差不多，他們的反應也一樣。他們都不想在交易中埋下變數。所以，我要做的就是承認犯了一項大罪，而且自白書要寫得跟真的一樣，使他們不會想拿槍指著我的頭。普拉格當然料不到這些，所以他喜歡我的主意。

他不喜歡的是我開的價錢。

「那是不可能的。」他說。

「那比零零星星的付出要容易。你以前每個月給雅伯隆兩千塊，現在一次給我六萬，比給他三年的還少，而且就永遠沒事了。」

「我籌不到那麼多錢。」

「你會有辦法的，普拉格。」

「我沒辦法。」

「別傻了，」我說，「在你那行裡，你是個重要人物、成功者。如果你不能弄到現金，一定有東西可以拿去抵押貸款。」

「我不能那麼做。」他的聲音幾乎要崩潰了，「我現在……財務有困難，有些投資該回收的沒回收，經濟不景氣，新建築少了，利率漲得瘋狂，上禮拜基本利率還調到百分之十——」

「我不是來上經濟學課程的，普拉格先生，我要的是六萬塊。」

「我已經借了我能借到的每一分錢。」他停了一下，說，「我沒辦法，我已經沒有——」

「我必須立刻拿到那筆錢，」我打斷他，「我不想在紐約多浪費時間。」

「我不——」

「你動動腦筋吧，」我說，「我會再跟你聯絡。」

我掛斷電話，又在電話亭裡坐了一會兒，直到一個等著打電話的人不耐煩的敲門，我打開門、站起來，那個人本來想說什麼，看到我就改變主意了。

我覺得不開心，因為我讓普拉格受到勒索。如果是他殺了陀螺，那麼他可能會再來一次；如果不是他，我讓他受的折磨就毫無意義了。想到這裡，我就覺得不舒服。

有一件事在我們的對話中凸顯出來：他很缺錢。假如陀螺也曾逼他拿出一大筆錢做最後的交易，趕著在被人幹掉前出城去，那麼就可能對亨利．普拉格施加最後一次勒索的壓力。

我在他辦公室見面時，幾乎要將他排除在嫌犯之外，那時看不出他有足夠的動機殺人，但現在他似乎是最有動機的一個。

而且我剛才又給了他另一個動機。

∞

過一會兒，我打電話給惠森達，他不在，我留了電話號碼。大約兩小時後，他回電話來。

「我知道我不必打電話給你，」我說，「但我有些新的消息要告訴你。」

「哦？」

「我能夠跟你要求酬勞了。」

「你已經找到那些東西了？」

「對。」

「辦事真快。」他說。

「噢，只不過用了一點偵探動作，加上一點好運罷了。」

「我了解。可能得花點時間才能……呃，籌到那筆酬勞。」

「我可沒有多少時間，惠森達先生。」

「你要講理呀，你知道，我們談的不是小數目。」

「我知道你有不少財產。」

「是啊，但我沒有現金。不是每一個政治人物都有一個住在佛羅里達、家裡有大保險箱的有錢朋友。」他在電話裡笑了起來，聽我沒反應，又顯得有點失望。「我需要時間。」

「多長時間？」

「最多一個月，可能更短一點。」

聽到這樣的話，要演這個角色是更容易了。我說：「那還不夠快。」

「是嗎？那麼你到底有多急？」

「很急，我要離開這個地方，氣候不允許我再逗留。」

「實際上，過去幾天的天氣已經溫暖多了。」

「那就是麻煩所在，天氣太熱了。」

「哦？」

「我可沒忘記我們共同的朋友發生了什麼事，我不希望也發生在我身上。」

「他一定是招惹了某個人。」

「是啊，而我也招惹了一些人呢，惠森達先生，所以我要在這個禮拜之內，拿到他媽的酬勞離開這裡。」

「我想那是不可能的，」他停了一下，說，「你可以先離開一陣子，等風頭過了，再回來拿酬勞。」

「我覺得我不喜歡這個方式。」

「你不覺得現在的狀況令人擔心嗎？我們談的這件事有點冒險，需要彼此多讓一步，這是個必須合作的冒險。」

「一個月就是太長了。」

「我也許可以在兩個星期內解決。」

「你也許必須如此。」我說。

「這話聽起來好像是在要脅我。」

「因為你不是唯一提供酬勞的人。」

「這我一點也不意外。」

「那就對了。如果我必須離開時，還沒拿到你那份酬勞，那麼，將會發生什麼事就很難說了。」

「別做蠢事，史卡德。」

「我不想。我認為我們兩個都不該做蠢事。」我吸了一口氣，說：「喏，惠森達先生，我確定我們沒有什麼不能完成的事。」

「我很希望你是對的。」

「兩個禮拜對你來說怎麼樣？」

「很困難。」

「你能做到嗎？」

「我會試試看。我『希望』我能做到。」

「我也是。你知道怎麼找我。」

「是的，」他說，「我知道怎麼找你。」

∞

我掛了電話以後，倒了一杯酒，只是一小杯，先喝了一半，再慢慢品嘗剩下的。電話鈴響了，我把剩下的酒一口喝光，拿起電話。本以為會是普拉格，不料是貝芙莉・伊斯瑞奇。

她說：「馬修，我是貝芙莉，希望沒有吵醒你。」

「沒有。」

「你一個人嗎？」

「是啊，幹嘛？」

「我很寂寞。」

我沒說話。我還記得跟她隔桌相對，明白的讓她知道她沒釣上我。她很清楚我的表現，但我更清楚，這個女人善於勾引人。

「我希望我們能碰個面，馬修。還有些事應該討論一下。」

「好。」

「今天晚上七點左右，你有空嗎？在那之前，我已經有約了。」

「七點可以。」

「老地方？」

我想起上次在「皮耶」的感覺，這回可要在我的地盤上見面。但不是去阿姆斯壯酒吧，我不想帶她去那裡。

「有個地方叫寶莉酒吧，」我說，「在市中心五十七街，介於第八和第九大道中間。」

「寶莉酒吧？聽起來很迷人。」

「實際上更迷人。」

「七點鐘，我們那裡見。第八、第九大道之間的五十七街——很靠近你住的旅館，不是嗎？」

「就在對面。」

「那很方便嘛。」她說。

「對我來說是這樣沒錯。」

「也許對我們兩人而言都很方便呢，馬修。」

∞

我出去喝了點酒、吃了點東西，大約六點鐘回到旅館，跟櫃檯打招呼時，班尼告訴我有三通電話，都沒留言。

回房間不到十分鐘，電話響了，我接起來，一個我不認識的聲音，說：「史卡德？」

「你是哪位？」

「你最好小心一點。你幹了蠢事，讓別人不舒服。」

「我不認識你。」

「你不會想認識我，你只要知道有一條大河，空間多得很，你不會想用自己的身體去填滿它吧。」

「誰告訴你這個電話號碼的？」

電話掛斷了。

9

我提早幾分鐘到了寶莉。吧台前四男兩女在喝飲料，吧台後面，查克正為其中一位女士說的話回以禮貌性的笑容，點唱機正放著法蘭克．辛納屈的歌。

這個店面不大，進門右邊是吧台，中間是長欄杆，左邊一區上幾個台階有十幾張桌子，這會兒都空著。我走到欄杆末端、台階旁邊，挑了一張離門最遠的桌子坐下來。

寶莉最熱鬧的時候，是五點鐘那些愛喝一杯的人下班時。真正愛喝酒的人會待得久一點，但這個地點很少做到過路客的生意，所以它經常很早就打烊。查克供應各種的酒。五點鐘酒客通常很早就散場了。每個禮拜五，週末狂歡族會在這裡混到午夜以後，其他日子這裡多半午夜就打烊了，而且甚至禮拜六、禮拜天都不開門。這個位在近鄰的酒吧，卻不做近鄰的生意。

我點了雙份波本酒，剛喝到一半，她進來了。起初她沒看到我，在門口遲疑了一下。店裡的談話聲停了，所有的人都轉頭看她，而她似乎不知道自己引人注意，或是太習慣了這種場面而毫不在意。她認出我，走過來坐在對面。確定她不是來釣凱子之後，酒吧中的談話聲才又開始。

她把外套從肩上滑落到椅背，露出了鮮艷的粉紅色毛衣。毛衣顏色很適合她，也相當合身。她從皮包裡拿出一包菸和打火機，這回她沒等我為她點菸。她深吸了一口，然後慢慢的吐出一條細煙柱，很專注的看著它往上升到天花板。

女服務生走過來，她要琴湯尼。「我是跟著季節走，」她說，「這個時候喝夏天的飲料是太冷了，但我的熱情可以超越季節的限制，你認為呢？」

「隨你怎麼說，伊斯瑞奇太太。」

「你怎麼老忘記我的名字？勒索人不必跟被害人這麼正經。我可以很自然的叫你馬修，為什麼你不能叫我貝芙莉？」

我聳聳肩，自己也不知道為什麼，因為很難確定我對她的反應，哪些是我自己的，哪些是我現在扮演的角色的。我不叫她貝芙莉多半是因為她要我這麼做，但這麼說的話只怕又要扯到別的問題上。

她的飲料來了。她放下菸，啜了一口琴湯尼，又深吸了一口氣，她的胸部在粉紅色的毛衣下鼓脹起來。

「馬修？」

「怎樣？」

「我已經想到一個籌錢的方法。」

「那好啊。」

「但得花點時間。」

我跟他們玩一樣的把戲，他們也都做了同樣的反應。每一個人都有錢，但卻沒一個人能籌到一筆為數不多的錢。也許是這個國家財政困難，也許是經濟狀況真的像一般人所說的那麼糟糕。

「馬修？」

「我馬上就要那筆錢。」

「你這婊子養的，你不知道我想盡快了結這件事嗎？我唯一能弄到錢的地方就是科密特，但我不能告訴他我需要五萬塊而不告訴他我要做什麼。」她垂下眼瞼，說：「無論如何，不能讓他知道這件事。」

「我想他比上帝還有錢得多。」

她搖頭，說：「未必。他是有一筆相當可觀的收入，但他沒滿三十五歲就不能繼承那筆財產。」

「怎麼回事？」

「十月就到了他的生日。伊斯瑞奇家的錢全部交給信託處理，直到最小的孩子滿三十五歲才終止信託。」

「他是最小的？」

「對，十月份他就可以繼承那筆錢，還有六個月。我曾經跟他提過，我想要擁有自己的錢，那麼我就不會像現在這麼依賴他；他可以理解這項要求，多半會同意的。所以，到十月，他就會給我錢：我不知道有多少，但肯定會比五萬塊還多，然後我就能跟你解決這件事。」

「十月？」

「是的。」

「到那個時候你還是拿不到錢。十月從現在算起來是六個月，到時候還有些法律文書作業，等到你拿到現金，至少還得再六個月。」

「真的要那麼久嗎？」

「當然啦！所以我們討論的不是六個月，我們討論的是一年！那太久了，即使六個月也太久了，他媽的，一個月都太久了，伊斯瑞奇太太。我想離開這個城市。」

「為什麼？」

「我不喜歡這兒的天氣。」

「但是春天來了呀，這是紐約最好的月份呢，馬修。」

「我還是不喜歡。」

她閉上了眼睛，我則仔細端詳她的臉，室內的光線非常適合她，成對的燭型燈照在壁紙上映出熾熱的紅光。吧台那邊，一個男的站起來，撿起面前的零錢，往門的方向走去，邊走邊說了什麼，惹得其中一個女的大笑起來。另外有個男的走了進來。有人在點唱機裡投了錢，萊絲莉高唱著這是她的派對，她可以想哭就哭。

「你得給我時間。」她說。

「我沒有時間好給你。」

「你為什麼一定要離開紐約？你到底在怕什麼？」

「跟陀螺所害怕的一樣。」

她若有所思的點頭，「他後來變得很神經質，」她說，「那使得我們在床上的時光更加有趣。」

「那當然。」

「我不是他那根釣魚線上唯一的一個，他曾經明白表示過。那麼你全部接手了嗎？馬修？還是只有我一個？」

「問得好，伊斯瑞奇太太。」

「是啊，我也覺得。誰殺了他，馬修？他的其他客戶之一嗎？」

「你的意思是說他已經死了？」

「我看到報紙了。」

「當然啦。有時報上也會有你的照片。」

「是啊，那真是我的不幸。你殺了他嗎，馬修？」

「我為什麼要殺他？」

「這樣你就可以接收他手裡的一些電話號碼。我想是你把他推下河的，報上刊了他們怎樣把他從河裡撈起來。是你幹的嗎？」

「不是。是你嗎？」

「是啊，用的還是我的小弓小箭呢。聽好了，只要等一年，我會加倍給你錢，十萬塊！利息很不錯哦。」

「我寧願拿了現金自己去投資。」

「我告訴你我弄不到。」
「你娘家呢？」
「干他們什麼事？他們什麼錢也沒有。」
「我知道你有個有錢的老爸。」
她洩氣了，藉著點菸來掩飾自己的情緒。我們兩個的杯子都空了，我招手叫了女服務生來，她要了另一杯琴湯尼；我問服務生有沒有煮好的咖啡，她說現在沒有，如果我要的話，她就現煮一壺。但她的語氣聽起來是希望我別真的要她煮，我只好告訴她不用麻煩了。
貝芙莉・伊斯瑞奇說：「我是有過一個有錢的曾祖父。」
「哦？」
「我爸爸效法他爸爸，擅長把大把大把的錢花光光，我從小到大都覺得要錢有得是，那使得我在加州要做什麼都很容易。我有個有錢的老爸，所以從來什麼事都不擔心，他總是能保我出來，甚至大事化小，小事化無。」
「後來呢？」
「他自殺了。」
「怎麼死的？」
「在密閉的車庫裡，坐在發動的汽車上。這有關係嗎？」
「沒有，我好奇，我常想那是怎麼做到的，如此而已。醫生都用槍，你聽過沒？其實他們大可用世界上最簡單、最乾淨的方法——注射嗎啡。這樣就不會打破腦袋、弄得他媽的一塌糊塗。他為什麼自殺？」

「因為錢沒了，」她拿起杯子，還沒送到嘴邊就停住了。「那就是為什麼我會回東部來。他死得太突然，留下一屁股債，總算還有一筆保險金夠我媽過日子。她賣了房子，搬進一層公寓，靠保險金和社會救濟一個人過日子。」說到這裡她才喝了一大口飲料，「我不想再說這些了。」

「行。」

「如果你把那些照片拿去給科密特，你什麼也得不到，那只會砸自己的場。他不會買那些照片的，因為他不在乎我的名聲，他只在乎他自己。也就是說，他會甩掉我，然後去找一個跟他一樣冷血的老婆。」

「也許吧。」

「他這個禮拜去打高爾夫球，是一場友誼賽。通常在正式的比賽之前，他們會先打一場。他和一個職業選手搭檔，如果他們贏了，他的職業搭檔得到獎金，科密特有了名聲。那才是他的最愛——高爾夫。」

「我想你也是吧。」

「我是個漂亮的裝飾品。我可以表現得像個淑女，如果有必要的話。」

「如果有必要的話？」

「對。他現在已經出城去為這次比賽做準備了，所以我可以在外面隨便待多晚，也可以做我想做的事。」

「你很自由。」

她歎了一口氣，「我想這次我不能用性做交易了，是嗎？」

「我想是不能。」

「真是可惜。我一向這麼做，而且我他媽的功夫很好。該死！從現在開始等一年，十萬塊是一筆大數目。」

「那也只是在樹叢裡的一隻鳥。」

「我真他媽的希望能有什麼東西可以給你，你不要上床，我又沒有錢。我只有幾塊錢在銀行戶頭裡，用的是自己的名字。」

「多少錢？」

「大約八千塊，我已經很久沒有收入了。希望你能答應我在一年後一次付清。無論如何，我不會逃避，我會給你我拿到的錢，而且付現金。」

「好吧。」

「一個禮拜後給你？」

「明天不行嗎？」

「啊啊，」她用力的搖頭，「才不。我花八千塊能買的就是時間，對不對？所以我就要買一個禮拜。從今天開始算一個禮拜，你就可以拿到錢。」

「我甚至不知道你真有這筆錢。」

「你是不知道。」

我想了一下，「好吧！」最後我說，「一個禮拜後先給我八千塊。但是剩下的部分，我絕不要等一年。」

「也許我能變幾個把戲，」她說，「譬如一甩手就變出四百二十張的百元大鈔來。」

「或是四千兩百張十元大鈔。」

「你這王八蛋。」她說。

「八千塊，從今天算起一個禮拜。」

「你會拿到的。」

∞

我提議送她上計程車，她說她自己走就好了，這次可以讓我付飲料的帳。她走後，我又坐了一會兒，然後付帳出門。過馬路回旅館，問班尼有沒有留言。沒有，但有一個男的打電話來沒有留下名字，我猜會不會是那個威脅我，要把我丟到河裡去的人。

我到阿姆斯壯酒吧去，找我的老位子坐下。就禮拜一來說，這個地方人多了點，大部分都是熟面孔。我要了波本和咖啡，喝到第三杯時我瞥到一張臉，像見過但又不熟。等崔娜再一次在桌間巡迴的時候，我勾勾手指，她向我走來，眉毛揚了揚，這表情使她的臉更顯得慧黠。

「別轉身，」我說，「在吧台前面，戈蒂和那個穿厚棉夾克的中間。」

「他怎麼了？」

「也許沒什麼。現在別去，再過一會兒，你能不能經過他旁邊看他一眼？」

「然後呢，警察大人？」

「然後向總部回報。」

「遵命，長官。」

我維持兩眼盯著門看的姿勢，並集中注意使他在我的視線範圍內。後來發現的確不是我想像力太豐富，他不斷朝我這邊瞄。因為他坐著，所以身高不太容易估計，但看來是打籃球的個子，還有一張經常在戶外活動的臉，以及時髦的、淺棕色的長髮。我無法仔細描述他的特徵——因為我們各據屋子的兩頭——但他給我的印象是冷酷、非常強壯。

崔娜飄然回來，帶了一杯我沒點的飲料。「這是偽裝，」她說，然後把它放在我面前。「我已經好好瞧了他一遍。他幹了什麼？」

「我不知道。你以前看過他沒？」

「我想是沒有。事實上我確定沒有，否則我會記得。」

「為什麼？」

「他在人堆裡就像是鶴立雞群。你知道他看起來像誰？——那個萬寶路男。」

「廣告上的人？他們不是用過好幾個人拍廣告？」

「當然。他看起來就是那夥的。長統生皮靴、寬邊帽、聞起來一股馬騷味，手臂上還有刺青。不過，他既沒穿皮靴戴帽子，也沒弄刺青，但就給人那種印象。別問我他身上有沒有馬騷味，我可沒湊那麼近去聞。」

「我沒打算問。」

「到底怎麼回事？」

「我不確定是不是這個人，我覺得我剛才在寶莉看過他。」

「也許他正在閒晃。」

「啊哈，跟我一樣在閒晃。」

「怎樣呢？」

我聳聳肩，「或許啥事也沒有。不管怎樣都謝謝你的監視工作。」

「我會獲得獎章嗎？」

「外加一枚解碼器。」

「帥呆了！」她說。

我就這樣按耐著不動聲色，直到他離開。他確實是在注意我，而我不知道他是否察覺我同樣對他有興趣。我不想正面看著他。

他可能在寶莉就跟上我了，我不確定是否在那兒就看過他，只是覺得在某個地方曾注意到這個人。如果他是在寶莉盯上我的，那麼把他跟貝芙莉．伊斯瑞奇聯在一起就一點也不困難；她訂這個約會可能就是為了讓人跟蹤我。但就算他會在寶莉現身，那也不能證明什麼；他可能早就盯上我，跟著我到那兒去的，因為我並沒有躲躲藏藏的讓人找不到。每一個人都知道我住在哪裡，而且我成天都在這一帶打轉。

我注意到他的時候，大概是九點半，也許接近十點，等到他結束盯梢離開時，已經差不多十一點了。我本來打算讓他先走，然後如果必要的話，自己一直坐到比利打烊為止。沒過多久，我就覺得沒必要。那個萬寶路男看起來不像那種喜歡在第九大道酒吧等待機會的人，更何況是在阿姆斯壯這種酒吧。他精力旺盛、西部風格十足、擅長戶外活動的樣子，十一點鐘，他跨上馬、向日落的方向馳去了。

過了一會兒，崔娜走過來，坐在我對面。她還沒下班，所以我不能請她喝一杯。「我還有些事報告，」她說，「比利從來沒見過那個人，他說希望再也不要碰到那個人，因為他不想賣酒給有那種眼睛的人。」

「什麼樣的眼睛？」

「他沒說，或許你可以問問他。還有什麼？噢，對了，他點了啤酒，幾個鐘頭才喝了兩瓶。他喝沃斯柏格黑啤酒，如果這你也在意的話。」

「沒什麼。」

「他還說——」

「靠。」

「比利很少說『靠』。他通常都說『操』，『靠』很少說，而且他之前說的也不是這個。怎麼回事？」

崔娜沒講完我已經起身走向吧台。比利晃了過來，手裡正用毛巾擦拭一只玻璃杯。他說：「就一個大個子而言你動作很快，陌生人。」

「我的腦筋就慢了，那個客人——」

「那個萬寶路人，崔娜這麼叫的。」

「就是他，你不會正好還沒洗到他的杯子吧？」

「洗啦，我已經洗好了，就是這一只，如果我沒記錯的話。」他把杯子拿給我看：「看到沒？清潔溜溜。」

「媽的！」

「我沒洗杯子時，吉米也是這麼說。怎麼回事？」

「除非這雜種戴了手套，否則就是我做了件蠢事。」

「手套。哦，指紋？」

「正是。」

「我以為那要化驗才能採到。」

「如果是天上掉下來的禮物就不必，譬如說，印在啤酒杯上。他媽的，如果他再來，那樣也許是太奢望——」

「我會用毛巾把杯子拿起來，放在一個安全的地方。」

「就是這個意思。」

「如果你先告訴我……」

「我知道，我應該早想到這一點的。」

「我希望是最後一次看到他。我就是不喜歡像那樣的人，尤其是在酒吧裡。兩瓶啤酒喝了至少兩個小時，還好，我也不希望他多喝，他喝得愈少就愈早離開，我就愈高興。」

「他有沒有講話？」

「只開口點啤酒。」

「有沒有聽出什麼口音？」

「沒注意。我想想看。」他閉上眼幾秒鐘，「沒有，標準的美國腔。我通常對聲音很敏感，聽不出他的聲音有什麼特別的。我不認為他是紐約人，但那有什麼意義？」

「是沒什麼。崔娜說你不喜歡他的眼睛。」

「一點都不喜歡。」

「為什麼？」

「純粹是感覺。很難形容，我甚至說不上來那是什麼顏色，我想是比黑色還淺，那顏色好像只在表面上。」

「我不太了解你的意思。」

「看起來沒有深度，幾乎像是玻璃眼珠。你看了『水門案』沒？」（譯註：Watergate，美國政壇竊聽醜聞，最終導致當時美國總統尼克森遭眾議院彈劾而辭職。後文提到的艾力希曼便是當時的總統顧問，也是醜聞事件的關鍵人物之一）

「看了一點，不多。」

「那些混蛋中的一個，有德國名字的——」

「他們都有德國名字，不是嗎？」

「不是，其中的兩個，不是哈德曼，另外一個。」

「艾力希曼。」

「就是他。你看過他嗎？有沒有注意到他的眼睛？沒有深度。」

「一個萬寶路人有著像艾力希曼的眼睛。」

「這不會跟水門案有關吧，馬修？」

「只在本質上有點像。」

∞

我回到座位上喝了杯咖啡。我喜歡用波本使咖啡更醇，但我覺得現在最好不要。萬寶路人不會打算在今晚對付我，這裡有太多人可以指認他。這只是一個初步勘察，如果他想要幹什麼，會另外再挑個時間。情況大致如此，但也還沒有肯定得讓我敢喝太多酒才走回家。我的判斷應該沒錯，但我不想冒這個險。

我把我看到的，艾力希曼的眼睛再加上比利的印象，試著去拼湊出一個形象來，但沒什麼用。他可能是普拉格某個工程中的一個健壯建築工，也可能是貝芙莉．伊斯瑞奇身邊的一匹年輕有勁的種馬，或者是惠森達為了這件事特別僱用的職業好手。指紋本可以讓我占到上風，但我的反應太慢以致錯過了這個機會。如果我能查出他的身分，就可以循線逮到他；但是現在，我卻必須由他去主導這齣戲，並且必須跟他正面相對。

我結帳離開時約十二點半。我小心開門，感覺有點蠢，仔細看了第九大道的兩個方向，沒看到我那萬寶路人或任何有威脅性的東西。

我朝五十七街方向走過去，第一次有被當成靶子的感覺。我故意讓自己走上這條路，看來也的確是個好主意，但是萬寶路人出現後事情就不太一樣，現在是玩真的了，這也正是最不一樣的地方了。我前方的一個店門前有動靜。我提高了警覺，認出是那個老婦人。只要天氣還可以，她總是在「麗紗特」服飾店前乞討。通常我會給她一點錢。

她說：「先生，你做做好事——」我從口袋摸出幾個零錢給她，「上帝保佑你。」她說。我說希望她說得沒錯。我繼續向轉角走去，幸好那個晚上沒下雨，我聽到車聲前先聽到她的尖叫聲。她大聲尖叫，我剛好轉身看到一部車躍上人行道快速向我衝過來。

10

根本沒有時間去思考，我想我的反應還算不錯。當那女人尖叫而我轉身時，我失去了重心，但我沒浪費時間去保持平衡。我向右邊竄了過去，肩膀著地並滾向建築物邊。

剛剛好躲了過去。如果那個駕駛夠冷靜，他可以讓我沒有喘息餘地，他只需將車子貼近建築物，雖然這麼做會使車子跟建築物都遭磨損，但磨損得最嚴重的當然就是夾在當中的人。我原以為他會使這一招，但是當他猛轉方向盤時，我知道他想讓車尾如魚尾般擺動，把我當蒼蠅一樣打扁。

他差一點就打到。當車子擦過我身旁時有一股氣流衝過來，我向旁邊一滾，看見他撞斷一根計時收費器，衝回大街上，車身還彈了一下。隨即他油門踩到底，此時恰好燈號轉紅，他就這麼闖紅燈揚長而去了。紐約半數車子都是這樣，印象中卻沒看過這些違規駕駛被開罰單。

「這些瘋子，瘋駕駛！」老婦人趕到我身邊喘著氣罵。「喝威士忌、抽大麻，然後就出來飆車。你差點就被撞死了。」

「是啊。」

「最可惡的是，他甚至沒停下來看看你有沒有事。」

「他真是太惡劣，一點也不管別人死活。」

「現在的人再也不考慮別人了。」

我站起來拍拍身子，我在發抖，而且很狼狽。她說：「先生，你做做好事——」隨即她皺著眉好像有點困惑，「不對，你才剛給過我了，是不是？對不起，實在記不得了。」我拿出皮夾，「這是一張十塊錢鈔票，」邊說邊把鈔票塞進她手中，「要記得，當你用這張鈔票的時候，要看清楚找錢沒找錯，知道了嗎？」

「噢，天啊！」她說。

「現在，你趕快回家睡覺，好嗎？」

「噢，天啊！」她說，「十塊錢，一張十塊錢鈔票，噢！上帝保佑你，先生。」

「祂剛這麼做了。」我說。

∞

我回到旅館時，以賽亞在櫃檯後值班。他是西印度群島人，膚色稍淺、湛藍眼珠、褐色鬈髮，臉頰、手背上都有明顯的深色雀斑。他喜歡值午夜到八點的班，因為安靜，他可以邊吸含可待因的咳嗽糖漿，邊玩填字遊戲。

他用原子筆玩填字遊戲。我曾問他，用原子筆不是比較困難嗎？他說：「不這樣玩就沒有成就感了，史卡德先生。」

這會兒他說沒有人打電話找我。我上樓走向房間，先注意看是否有燈光從門縫底下出來？沒有，但這不表示沒事。我再看鎖邊有沒有刮痕？沒有，但這也不能證明什麼，因為這些旅館的鎖只要用牙線棒就可以弄開。我開了門，除了家具外沒有別的，東西都在原處。我開燈、關門、上鎖，舉起雙手看，手指還在發抖。

我勉力倒了杯烈酒喝下去，胃也在抖，有那麼一瞬間我以為威士忌會下不去，但還是嚥下了。我撕了張紙片寫下幾個字母跟數字，放進皮夾裡。我脫掉衣服，站在蓮蓬頭下沖掉一身的汗，最糟糕的那種汗——一半是由於用盡力氣，一半是由於本能的恐懼。

我正在擦身體時電話響了。我不想接，我知道將會聽到什麼。

「那只是警告，史卡德。」

「放屁！你明明就想幹掉我，只不過失手罷了。」

「真的動手時，我們不會失手的。」

我叫他滾他媽的就掛了電話。幾秒鐘後我拿起電話告訴以賽亞九點叫醒我，在那之前不接電話。然後我上床去，看看是否能睡著。

8

我睡得比預期的好。夜裡只醒來兩次，兩次都是因為同一個夢，那是個毫無想像力、全無象徵意義、可以讓佛洛依德派心理學家無聊得哭出來的夢。夢境都是我從阿姆斯壯酒吧出來，車子向我衝過來，只是在夢中駕駛的技術更好，也更有膽量向我一直追擊。就在他正打算夾死我前，夢醒了，我兩手緊握成拳，心臟砰砰跳。

那樣的夢，我想是一種心理保護措施，潛意識裡你在夢中經歷那些你無法掌握的事，使得那些最可怕的部分不再那麼嚇人。我不知道那些夢的影響有多大，但是七點半我第三次從夢中醒來時，覺得好過多了。有人想要幹掉我，而那正是我故意刺激別人去做的。他沒有得手，而那也正是我所期望的。

我想著那通電話，不是萬寶路人，我有理由肯定這一點。那聲音比較老，大約與我年齡相仿，而且那口音是道地的紐約人。

看來至少有兩個人在對付我。車上有幾個人？我試著回想車子向我衝過來時短促的一瞥，車前燈照著我的眼睛，沒看到什麼，而當我再轉身時，車子已衝出好一段距離、車速又快，我只來得及記車牌號碼，沒法數人頭。

我下樓吃早餐，但只解決了一杯咖啡和一片吐司。我從販賣機買了包菸，點了三根配咖啡，這是兩個月以來我首次抽菸，它們讓我有種飄飄然的感覺。抽了三根後，我把那包菸留在桌上就出去了。

我到中央街，進入贓車小組辦公室，一個臉頰紅嫩的菜鳥問我有什麼事。辦公室有六名警察，而我一個也不認識。我問說雷伊．藍道在不在。

「退休幾個月了，」他說。又問另一個警察，「嘿，傑利，雷伊什麼時候退休的？」

「應該是十月吧。」

他轉向我，「雷伊十月退休的，有什麼我可以效勞的嗎？」

「是私事。」我說。

「我可以找到他的地址，如果你願意等一下。」

我告訴他沒什麼重要的事。雷伊退休了讓我頗為意外，他好像還不到退休年齡。然而，想到他年紀比我大，我在警界幹了十五年，離開也有五年多，連我自己也已到了退休年齡。

也許這孩子可以讓我看看失車名單，如果這樣我就必須告訴他我是誰，還得扯一些無聊的閒話，所以我離開那棟建築走向地鐵站。一輛空計程車駛過來時，我改變主意，攔下它，告訴司機我要去第六分局。

他不知道在哪兒。幾年前，如果你想開計程車就必須隨時隨地知道最近的醫院、警局、消防隊在哪裡。不知道這樣的測驗什麼時候取消的，現在，只要你是活人就可以了。

我告訴他在西十街，他很順利找到了地方。我走進艾迪．柯勒的辦公室，他正在看《每日新聞》上一則讓他很不高興的報導。

「該死的特別檢察官，」他說，「這傢伙除了惹人厭以外還能做什麼？」

「他常常上報。」

「是啊，大概他想當州長吧？」

我想起惠森達，「每個人都想當州長。」

「確實如此。你說說這是為什麼？」

「你問錯人了，艾迪。我不知道為什麼任何人想當任何東西。」

他冷眼打量我，說：「聽你在放屁，你就老想當警察。」

「打從小時候就這樣。從我有記憶以來，我就沒想過要做其他行業。」

「我也是，老想著要配戴徽章，也不知道為什麼。有時候我在想，這大概是跟我們成長的經歷有關，街角的警察受到大家的尊敬，小時候看電影中的警察，也都是好人。」

「不曉得耶，或許是因為他們總能在最後一幕把演壞蛋的賈克奈（譯註：Cagney，《國民公敵》片中主角，自幼即作惡多端，年長後成為街頭暴徒）幹掉。」

「是啊，但那個小王八蛋是咎由自取。你看著他的故事，為之瘋狂，你希望他最後買個農莊就此終老一生，但這傢伙就是他媽的難逃一死。坐啊，馬修，最近很少看到你，要咖啡嗎？」

我搖頭坐下了。他拿起菸灰缸裡一支熄掉的雪茄點燃著，我從皮夾拿出二十五元放桌上。

「我賺了一頂帽子？」

「花個一分鐘就是你的了。」

「只要特別檢察官不知道就好。」

「你沒什麼好擔心的，不是嗎？」

「誰知道，遇到那種瘋子，每個人都得擔心。」他把鈔票摺起來放進襯衫口袋裡，「我能為你做什麼？」

我把上床前寫的那張小紙片拿出來，「我有一個不完整的車牌號碼。」我說。

「二十六街沒有你認識的人嗎？」

他指的是監理所。我說：「是有，但它掛紐澤西的車牌，所以我想應該是輛偷來的車，而你可以在失車名單上找到他。三個字母是LKJ或LJK，三個號碼我沒看清楚，一個9和一個4，也許是一個9和兩個4，但順序我不知道。」

「那會是很長的一份名單。有時候人們不報失竊，他們總以為是我們拖吊走了，而如果身上不是剛好有五十塊錢，他們就不會來認領。等一下，我去列名單。」

他把雪茄擱進菸灰缸，回來時雪茄正好又熄了。他說：「再給我那些字母。」

「LKJ或LJK。」

「有沒有廠牌跟型式？」

「一九四九年福萊澤型。」

「主名單上沒有，看看昨晚的新增名單。喔，有了，LJK914。」

「好像是。」

「七二年新款式，雙門，墨綠色。」

「我沒數它幾門，但應該就是這一部。」

「紐澤西威廉·瑞肯太太的車，她是你朋友嗎？」

「我想不是，她什麼時候報失的？」

「我看看，凌晨兩點，記錄上這麼寫的。」

我大約十二點半離開阿姆斯壯酒吧，所以瑞肯太太不是馬上發現車不見了。如果他們又把車放回去，她就永遠不知道它曾經遭竊。

「車被偷時停在哪裡？」

「哦，」他把名單翻到最後一頁，「百老匯大道與一百一十四街之間。嘿，這倒是很有意思。」是他媽的很有意思，但他怎麼知道呢？我問他有什麼意思。

「瑞肯太太凌晨兩點到上百老匯大道去幹什麼？瑞肯先生知道嗎？」

「你思想真齷齪。」

「我真該去當特別檢察官才是。瑞肯太太跟你那個失蹤的丈夫有什麼關係？」

我一片茫然，隨即想起我在探問陀螺屍體時所捏造的案子。「哦，」我說，「沒什麼，我告訴他老婆忘了這回事，花幾天工夫就把案子結了。」

「那麼，誰偷了車？昨晚又用來做什麼了？」

「毀損公物。」

「啊？」

「他們撞斷第九大道上的停車計時收費器，然後很快逃走了。」

「而你剛好在那裡，剛好看到車牌號碼，然後很自然的你想這車是偷來的，而你要去查因為你是個好市民。」

「差不多就是這樣。」

「放屁！坐下。馬修，你在搞什麼應該讓我知道。」

「沒什麼。」

「為什麼一輛被偷的車跟陀螺有關係？」

「陀螺？哦，他們從河裡撈起來的傢伙。沒什麼關係。」

他拿起雪茄端詳了一會兒，俯身把它丟進垃圾桶。他坐直了看著我，轉開，又看著我。

「你在隱瞞什麼？」

「沒有你必須知道的。」

「你怎麼跟陀螺．雅伯隆扯上關係的？」

「那不重要。」

「那部車又是怎麼回事？」

「那也不重要。」我坐直了說：「陀螺被丟進東河裡，那部車撞倒第九大道五十七到五十八街之間的停車計時收費器，而那部車是在上城被偷的，沒有一件是在第六分局發生的，所以沒有你必須知道的事，艾迪。」

「誰殺了陀螺？」

「我不知道。」

「真的？」

「當然是真的。」

「你在追蹤某人？」

「也不盡然。」

「我的天，馬修。」

我想離開了。我實在不能把我手上的資料給他或任何人，我獨自進行調查又逃避他的問題，我不敢奢望他喜歡這樣。

「你的委託人是誰？」

我的委託人是陀螺，但知道這樣說沒什麼好處。「我沒有委託人。」我說。

「那你的目標是什麼？」

「我也不確定是否有目標。」

「我聽說陀螺的死跟他最近變闊有關？」

「最後一次看到他的時候他穿得很體面。」

「真的？」

「他的西裝花了三百二十塊，他剛好提過。」

他一直盯著我直到我轉開自己的視線，他低聲說：「馬修，不要讓人家開車撞你，那樣有害健康。你確定不要把事情交給我處理？」

「時機到了就會，艾迪。」

「你確定現在還不是時候？」

我沒有馬上回答。我想起那部車衝向我的感覺，想起實際發生的事，以及夢中那部大車一直衝向牆壁。

「我確定。」我說。

8

我在獅頭餐廳吃漢堡、喝了點波本和咖啡。那部車是從那麼遠的上城偷來的讓我有點意外，他們也許早就到手並停在我的住處附近，或者萬寶路人在我離開寶莉到他走進阿姆斯壯酒吧之間打了電話。若這樣則表示對付我的至少有兩個人，就與我聽到那通電話之後的判斷相符。

他可能——

不對，這不是重點。我可以設想很多可能的情節，但這些都只會使我更混亂。

我又各點了一杯咖啡和酒混著喝。從艾迪那兒我好像得到一些隱約的靈感，問題是我沒辦法讓它清楚浮現出來。

我拿一塊錢換了硬幣去打電話。紐澤西查號台給了我威廉．瑞肯的電話，我打給瑞肯太太，自稱是贓車小組。她很意外我們這麼快就找到她的車，還問我知不知道她車子的損壞情況。

我說：「恐怕我們還沒找到你的車子，瑞肯太太。」

「哦。」

「我只是要再問一些細節。你的車停在百老匯大道跟一百一十四街之間？」

「對，在一百一十四街上，不在百老匯大道上。」

「我知道了。我們的記錄上說你大約在凌晨兩點報失的，你是發現車子不見了馬上就報失嗎？」

「是的，差不多。我走到停車的地方發現車子不在，當然，我第一個念頭是車被拖吊了。我是按規矩停車，但有時候會沒看到那些不同規定的標誌，而且他們應該不會老遠跑到上城來拖吊，會嗎？」

「一向不超過八十六街。」

「我也是這麼想，但我都盡量去找不違規的停車位。當時我想也許我是把車停在一百一十三街了，所以我再走過去看，當然還是沒看到車，於是我打電話叫我先生來接我，他說要報失，我就打電話給你們了。從我找不到車到確定車子丟了之間大概是十五到二十分鐘。」

「我知道了。」我很後悔問了接下來的問題，「你什麼時候把車停那兒的？瑞肯太太。」

「我想想看。我有兩堂課，一堂八點的短篇小說研習和一堂十點的文藝復興史，但我早到了，所以我想大概是七點出頭。那重要嗎？」

「這問題不是針對找尋這部車子的，瑞肯太太。我們正嘗試找出各種犯罪行為較常發生的時間。」

「有意思，」她說，「那有什麼用？」

我自己也一直懷疑這一點。但我告訴她那是為了找出整個犯罪行為的一部分輪廓——每當我對別人提出這問題時，大多也是聽到這樣的答覆。我謝謝她，並向她保證她的車應該很快可以找到，她也向我道謝。掛了電話後我又回到吧台。

我試著從剛才的對話中尋找有用的線索，一無所獲。我讓思緒漫遊著，發現我疑惑的就是瑞肯太太半夜去上西城幹嘛？她沒跟先生一起，她最後一堂課應該是十一點左右結束。也許她在西緣大道或是哥倫比亞附近的酒吧喝了些啤酒，也許喝了不少，所以她才會繞著街區找車子。即使她喝的啤酒足夠讓一艘戰艦浮起來也無關緊要，因為瑞肯太太根本與陀螺或這件事的其他相關人扯不上關係，而她跟先生之間有沒有怎樣是他們的事，與我無關，而——

哥倫比亞！

哥倫比亞大學在一百一十六街跟百老匯大道交會處，原來她上課的地方在那裡，而有一個人也在那裡念書，修心理學課程，並且打算為心智障礙兒童工作。

我查電話簿，沒有絲泰西．普拉格，因為單身女性知道最好別把全名登上電話簿。但是有個S．普拉格，住在西區百老匯大道跟河濱車道之間的一百一十二街。

我回到座位上把咖啡喝完，放了張鈔票在吧台上。走到門邊，我改變了主意，再翻電話簿記下S．普拉格的地址跟電話號碼。也許那個S是西蒙或是任何絲泰西以外的名字，我塞一個硬幣進投幣口，撥了那個號碼，鈴響七聲後我掛了電話，取回我投的那枚硬幣，以及多掉下的另外兩枚。

有時候運氣也會來的。

11

坐地下鐵在百老匯與一百一十街站下車時，我只有一個模糊的想法：如果普拉格要殺我，不管是直接還是僱人，沒有理由跑到距他女兒公寓的兩條街外去偷車。感覺事情應該沒那麼單純，但我又不確定。

對了！如果絲泰西．普拉格有男朋友，而他剛好是那萬寶路人——

看來值得一試。我找到她住的地方，一棟五層高、每層四戶的公寓。我按她的門鈴，沒人應門，再按頂樓幾個門鈴——人們常會這樣冒失的打擾人——都沒人在。大門的鎖看起來很好開，我用一根細鐵絲當鑰匙很快就打開了。我爬上三層樓梯敲4C的門，等了一會兒又敲，然後我打開她的兩個門鎖進去了。

房間滿大的，只有一組活動沙發和一些從救世軍買來的舊家具。查看壁櫥和衣物之後，我判斷絲泰西就算有男朋友也不是住這裡，因為這裡並沒有男性居住的跡象。

我仔細搜索，試著去感覺住在這裡的是什麼樣的人。有很多書，多數是平裝本、關於心理學的，有一堆雜誌：《紐約》、《今日心理學》和《知性文摘》。藥箱裡沒有比阿斯匹靈更強的藥。房間整理得井井有條，感覺上她的生活也應該如此。站在房間中央，掃視她的書名、翻查她的衣物，感覺自己像個入侵者。那種不舒服感愈來愈強，尤其又找不到任何能證明我先前猜測的東西。我出來，關上門，鎖了一個鎖，另一個要用鑰匙才能鎖，我想她應該會以為是出門時沒鎖好。

我以為可以找到萬寶路人的照片，那事情就好辦了，但是沒有。離開公寓，我在附近一個快餐店喝了杯咖啡。普拉格、伊斯瑞奇和惠森達，其中一個殺了陀螺還企圖殺我，而我看來卻一無進展。

假設是普拉格幹的，這事件似乎形成一個模式，雖然不是發生在原來的地方，但算得上是如出一轍。首先他因為女兒撞死人事件被鉤住了，目前為止有一部車用了兩次、陀螺的信上提到有一部車衝向他——昨天又有一部車要撞我——而且他看起來對勒索金很心疼。貝芙莉·伊斯瑞奇在拖時間，西奧多·惠森達同意我開的價，而普拉格說他不知道怎麼去籌這筆錢。

所以，假設是普拉格幹的，他剛才企圖謀殺，但失敗了，所以他可能會因此有點驚慌。如果是他，現在正是打草驚蛇的好時機。如果不是，我現在去找他也最能確定這一點。

我付了咖啡錢走出來攔計程車。

8

我走進普拉格辦公室時，那黑人女孩抬起頭看我，她花了一兩秒鐘認出我來，黑色的眼珠露出警覺。

「馬修．史卡德。」我說。

「找普拉格先生？」

「對。」

「有約好嗎？史卡德先生。」

「我想他會見我，莎莉。」

我記得她名字大概使她頗為意外，她馬上站起來走出烏木桌。

「我告訴他你在這兒。」她說。

「好。」

她走進普拉格的門，隨手關上。我坐在沙發上看著普拉格太太天天看的海景，認定那些人是靠在船邊嘔吐，毋庸置疑。

門開了，她又隨手關上，走回她的位子。「他五分鐘後見你。」她說。

「好。」

「我想你跟他有重要的生意往來？」

「非常重要。」

「希望事情能好轉，他最近很反常。好像一個人愈是努力工作愈是成功，他所負擔的壓力就愈重。」

「我想他最近是受到很多壓力。」

「他精神繃得很緊。」她說，眼睛直看著我，似乎我該為普拉格的困難負擔，這是我無法否認的指控。

「也許很快就會雨過天青。」我暗示。

「我真希望這樣。」

「我想他是個好老闆？」

「一個很好的人，他總是——」

她話還沒講完，忽然傳來一聲巨響，像是卡車引擎逆燃的聲音，但卡車不會在二十二層樓高的地方逆燃。她站在桌邊，嚇呆了，眼神茫然，手背壓著嘴，她呆愣的時間長得足夠我站起身來拍醒她來到普拉格的門口。

我猛拉開門，亨利．普拉格坐在桌子後，當然不是卡車逆燃，是槍聲。一支小手槍，看來是點二二或點二五口徑。當你要把槍口放進嘴裡而且斜射腦部，一支小槍就夠了。

我站在門口，想用門擋住，她在我身後，小手搥著我的背。那一瞬間我沒有避開，然後我覺得她跟我一樣有權去看他。我走進房間一步，她跟進來，看到她預料的景象。

然後她開始尖叫。

12

如果莎莉不知道我的名字，我可能已經溜了。但也許不會，警察的本能是很難消失的，而且多年來我一直輕視那些獨善其身躲起來不願出面的目擊者。莎莉身處這樣的情況下也勢必不能逃避。但是那種衝動還是有的。我看著亨利．普拉格，他趴在桌上，表情扭曲，我知道我正看著一個因我而死的人。是他的手指扣下扳機，但是我把槍放在他手上的，因為我的勒索把戲演得太逼真了。

我並沒想要跟他糾纏，更不想要他死。現在他陳屍在我面前，一隻手伸過桌面，彷彿是指著我。他為了女兒的一件過失殺人而行賄，行賄使他被勒索，勒索又導致蓄意謀殺。而第一宗謀殺使鉤子刺得更深——他還是被勒索，而且陀螺的死總有可能追究到他身上。

於是他企圖再一次謀殺，但失敗了。第二天我出現在他的辦公室，他告訴祕書等五分鐘，而他只花了兩三分鐘。

他帶著槍，也許他今早已先確定上了子彈，搞不好當我在接待室等他時，他曾想過用一顆子彈來問候我。

然而，在暗夜黑街中去撞一個人或偷偷去敲倒一個人再丟進河裡是一回事；在自己的辦公室當著祕書的面去射殺一個人又是另一回事了。也許他曾認真想過這些事，也許他早已打定主意要自殺，但現在已無法問他，而且也沒什麼差別了。當謀殺將使所有事情曝光時，自殺保護了他女兒。自殺使他解脫了。

當莎莉撲在我肩膀上哭時，我不知道已看著他多久了，我想大概沒多久。我本能的把她推到接待室，讓她坐沙發上，拿起電話撥了一一九。

∞

承辦這案子的小組是東五十一街的第十七分局，兩名刑警分別是吉姆．海尼和名叫芬奇的小夥子。我認識吉姆，那使得事情簡單些，但即使是碰到陌生人我也不會有太多麻煩。很明顯的是自殺，我跟那女孩都可以證明槍響時他是一個人在裡面。

警方蒐證小組的人漫不經心的做著例行工作：照很多照片、畫很多粉筆記號、把槍放進袋子裡，最後，把普拉格裝進屍袋拉上拉鏈抬出去。海尼和芬奇先錄莎莉的口供以便她可以早點回家去用自己的時間崩潰，他們要她回答一些標準程序問題以供法醫判定是自殺。所以他們用問題引導她確認她的老闆最近消沉煩躁、明顯的為生意苦惱、情緒失控舉止失常；然後再問些技術性問題，確認她在槍響前幾分鐘才見過他、那時她和我坐在接待室、我們同時進去看到他死在椅子上。

海尼告訴她可以了，早上會有人再來錄正式口供，現在芬奇會送她回家。她說不用了，她可以叫計程車，但芬奇堅持要。海尼看著他們兩人離開。「我打賭芬奇會一直送她到家裡，」他說，「那小女人的屁股真美。」

「我沒注意到。」

「你老了。芬奇就注意到了。他喜歡黑人，尤其是像那樣嬌小又翹臀的。我自己是不會亂來啦，不過我得承認，跟芬奇一起工作還真的挺不賴的。要是他嘴砲的那些有一半是真的，那我看他再沒多久就會精盡人亡啦。不過說真的，我也不覺得他是嘴砲的就是；那些娘兒們還挺哈他的。」他點了根菸，問我要不要也來一根；我婉拒了。他接著說：「剛剛那個女孩，叫莎莉的，我跟你賭他絕對能把她搞到手。」

「不會吧，至少不是今天吧，她都快嚇壞了。」

「幹，那才是最好的時機。不知道到底為什麼，愈是那樣的時候，她們愈想要。就像報即時插播新聞那樣，要你去跟一個女人說她老公被殺了，你會不會想推掉這種任務？不管那女的漂不漂亮，你願意幹這差事嗎？是我也不幹。幾個月前有一個鋼鐵工人從樑上跌下來，芬奇把壞消息帶去給他太太。他告訴她，她崩潰了，他抱著她安慰她，輕輕拍著她，然後她就拉開他的拉鏈，開始幫他吹蕭。」

我不想繼續這樣的對話，但也不想表現得太明顯，所以我們又聊了幾個芬奇的羅曼史，浪費幾分鐘去回顧共同的朋友。如果我跟他更熟的話，這可能要花掉更多時間。終於他拿起筆記板，將注意力轉回普拉格。進行了例行問題後，我再度確認了莎莉的供詞。

然後他說：「純粹因報告需要才問，有沒有可能在你來這裡之前他就已經死了？」看我一臉不知所以的表情，他再補充說：「我先聲明，這樣問是有點怪。假設她殺了他，別問我怎麼殺或為什麼。她等你或任何一個人來，先假裝跟他講話，再跟你坐在一起，扣扳機——用一根線或什麼的，然後你們一起發現屍體，這樣她就不會有嫌疑了。」

「你最好別再看電視了，吉姆，它已經影響了你的腦子。」

「但的確有這個可能啊。」

「嘿，對，她進去時我聽到他跟她講話，當然那有可能是她先準備好的錄音帶——」

「好了好了，饒了我吧。」

「如果你想要研究所有的可能性——」

「我都說過這是個怪問題了嘛。看看《虎膽妙算》演的，你會覺得真實生活裡的罪犯怎麼那麼笨。歹徒也可以看電視，說不定就有人學了其中一招來用。但是你聽到他講話，就不可能是錄音帶了。」

事實上，我沒聽到普拉格講話，但這樣說簡單多了。吉姆想研究各種可能性，而我只想離開這裡。

「你怎麼剛好撞見這事，馬修？你為他工作？」

我搖頭，「查一些資料。」

「調查普拉格？」

「不是，一個委託他做建築顧問的人，我的客戶要一些詳細的資料。上星期我跟普拉格見過，剛才我正好路過，就上來再問一些不清楚的地方。」

「你的客戶是誰？」

「有什麼差別？一個八或十年前跟他共事的人，跟他的自殺無關。」

「你跟普拉格不算熟。」

「見過兩次，其實應該算一次，今天不算見面，只跟他在電話上有過簡短談話。」

「他有麻煩嗎？」

「現在沒有了。我沒辦法告訴你很多，吉姆，我對這個人和他的處境所知有限。他看起來受到壓力而且顯得焦躁，事實上，他給我的感覺好像全世界都在追著他。第一次見面時他顯得很多疑，好像我是想要迫害他的一部分。」

「被迫害妄想症。」

「就像那樣。」

「是啊，這樣事情就清楚了。生意上有麻煩，感覺所有事情都向你壓過來。也許他以為你今天要來跟他爭論；或者他神經已繃到頂點，再也不能忍受看到任何一個人。於是他從抽屜裡拿出槍，在來不及考慮前就賞了腦袋瓜一顆子彈。我真希望能禁止賣槍，他們從卡羅萊納州整噸整噸的運來。要不要賭那一把槍沒登記？」

「算了。」

「他大概是買來要自衛的。小小的西班牙手槍，用來打歹徒可能連打六槍都沒用，用來打穿自己的腦袋倒是剛剛好。去年有個傢伙就用這種槍自殺，結果只成功一半，他成了植物人。」他又點了根菸，「你明天要來錄口供嗎？」

我說我可以做得更好。我用莎莉的打字機打了一份簡短又符合規格的正式報告，他看了以後點頭說：「你知道格式，替我們省了不少時間。」

我在報告上簽名，他把它夾進筆記板裡，瀏覽一遍資料後說：「他太太呢？住威徹斯特。太好了，我會叫幾個弟兄去，讓他們享受把丈夫死訊告訴她的樂趣。」

我差一點就講出普拉格有個女兒在曼哈頓，那不應該是我會知道的。我們握手，他說希望芬奇會回來。「這混蛋又得逞了，」他說，「回來又有得炫耀了。」

「我相信他會把細節都告訴你。」

「他一直都這樣。」

13

我走進一家酒吧，因為時間的關係，只喝了兩杯就離開。酒吧開到凌晨四點，但是大部分教堂下午六七點就關門了。我走向萊辛頓大道，找到一家沒去過的教堂，沒留意它叫做什麼。他們正在進行一些儀式，但我沒理會。我點了幾根蠟燭，丟了一些零錢進濟貧箱，坐後排椅子上，重複默唸三個名字：雅各．雅伯隆、亨利．普拉格、艾提塔．里維拉。三個名字，三根蠟燭為三具屍首點燃。

在我誤殺了里維拉之後那段最難熬的時間裡，我腦子裡不斷重複那晚的景象。我一直想要時光倒流來改變結果，就像奇妙的放映師能倒轉影片使子彈退回槍膛裡。以新的攝影技術來說，就是我想要用雙重映像使畫面改變：所有的子彈都正中目標，沒有跳飛的；或者跳飛的也都射向無害的地方；或者艾提塔那時候正在糖果店裡挑薄荷糖，而不是在錯誤的時候出現在錯誤的地方。或者——

有一首高中時候念過的詩，不時在我心中浮現，而我又記不清楚。有一天我去圖書館把它找出來抄下。波斯詩人奧瑪．開儼《魯拜集》的四行詩：

移動的手指在寫，不斷的寫。
用盡你的虔誠與智慧，
也無法將它刪掉半行，
用盡你的眼淚也洗不掉一個字。

我曾為艾提塔．里維拉的死而深深自責，但有時候沒那麼擺脫不掉。當然我那晚有喝酒，但不多，我的槍法不可能因此失靈。而且當時的情況確實該開槍：搶匪有武器，他們已經殺了一個人正要逃走，在射擊線上又沒有民眾。但是一顆子彈跳開，事情就發生了。

我離開警界的部分原因是因為發生那些事，使我不願再待在有正當理由也會做錯事的地方。而現在，我卻有計畫的導致普拉格自殺。

當然我沒有真的這麼做，但我看不出有多大差別。若不是我施壓，他不會企圖進行第二次謀殺。他殺了陀螺，如果我把陀螺的信封毀掉，普拉格就不必再一次殺人。我卻給了他再殺人的理由，他試了，失敗了，於是他躲在角落裡，衝動的或從容的自殺了。

我可以毀掉信封的。我跟陀螺沒訂合約，我只同意如果沒有他的音訊時就打開信封。我可以把三千塊都捐出去，而不是十分之一。我是需要錢，但還沒到那程度。

然而陀螺下了一個賭注，他贏了。他很明白的說：「為什麼我認為你會幫我追查呢？因為很久以前我注意到你一件事，就是你認為謀殺和其他罪行是不同的。我也是。在我一生中做了不少壞事，但我沒殺過人，以後也不會。我認識幾個殺過人的傢伙——無論是真是假——我都會跟那種人保持距離。這是我的原則，我想你也是——」

我可以什麼都不做，那麼亨利．普拉格就不會以裝進屍袋結束一生。然而謀殺和其他罪行是不同的，如果讓謀殺者逍遙法外，這個世界會更糟，如果我沒做什麼，亨利．普拉格就會逍遙法外。

應該有其他的方法，就像讓那跳飛的子彈不要進入小女孩的眼睛，並把所有事情告訴那不斷移動的手指。

我離開時仍是一團亂。我走過幾條街，無目的的走著，然後在布拉尼史東酒吧前停下來，走進去。

∞

漫長的一夜。

波本沒有發揮什麼作用。我一直換酒吧，因為每個吧台都有一個人跟著我讓我坐立不安。我不斷的在鏡子裡看到他，他一直跟著我走。不斷的走動和繃緊的神經可能在我醉倒之前，先把酒精燃燒掉了。在這時候，我走來走去會比坐著喝悶酒來得好。

我選擇的酒吧都是比較能讓我保持清醒的。我通常在昏暗安靜的地方喝酒，一杯是兩盎司，熟的話會給你三盎司。今晚我選擇布拉尼史東和白玫瑰，價格低但杯子也小，而且你買一盎司就只有一盎司，還摻了百分之三十的水。

百老匯的一間店裡，一個大型彩色電視上正在播籃球賽，我看了最後一節。在這節剛開始的時候，尼克隊落後一分，最後卻以十二、三分的差距落敗。這是塞爾提克的第四勝了。

坐在我隔壁的男人說：「到了明年，他們沒了盧卡司跟德布謝爾，瑞德的膝蓋還是一樣慘，只有克萊德也是孤掌難鳴，那我們還看什麼？」

我點了點頭。他說的挺有道理。

「光是第三節最後，他們光是犯規就犯了三節，結果考恩斯跟那個叫什麼的就五犯離場，而且他們根本找不到準星！我是說，他們根本沒他媽用心打嘛，你知道嗎？」

「一定是我害的，」我說。

「嗄？」

「從我開始看比賽，他們就開始輸球，所以一定是我害的。」

他仔細打量我，然後退了一步。他說：「別激動，老兄，我不是那個意思。」

不過他誤會我了；我的確是這樣想的。

8

最後我到了阿姆斯壯，那裡有又純又好的酒，但那時我已經沒心情品嘗了。我點了杯咖啡坐在角落裡。一個安靜的晚上，崔娜有空跟我聊。

「我張大眼睛看著，」她說，「但是連他的頭髮也沒看到。」

「怎麼回事？」

「那個牛仔。依據本姑娘聰明的判斷，他今晚不在附近。你不是要我注意那個像聯邦調查局探員的人嗎？」

「哪裡？」

「噢，萬寶路人。我想我今晚看到他了。」

「不是，稍早以前。我今晚看到很多影子。」

「有什麼不對勁嗎？」

「是啊。」

「嘿，」她一隻手搭住我的手，「怎麼啦，寶貝？」

「不斷有新人，可以讓我為他點蠟燭。」

「我聽不懂。你不是醉了吧，馬修？」

「沒有，但我試過要喝醉，那會讓我好過些。」我啜一口咖啡，杯子放在格子桌布上。拿出陀螺的銀幣——不對，我的銀幣，我買的那一個——把它彈出去轉著。我說：「昨天晚上有人想殺我。」

「天啊！在附近嗎？」

「離這裡幾棟房子的地方。」

「難怪你——」

「不是，不是因為那樣。今天下午我扯平了，我殺了一個人。」我以為她會把手抽回，但是她沒有。「也不真是我殺的，他在嘴裡塞了支槍扣下扳機。一支小小的西班牙手槍，那種整嚬整嚬從卡羅萊納運過來的槍。」

「為什麼你說你殺了他？」

「因為我把他逼到絕路，那把槍是唯一的出口。我把他困死的。」

她看看手錶說：「好啦，我可以早點離開，以後再加班好了。」她兩手伸向頸後解開圍裙，這動作使她的胸部顯得更突出。

她說：「要陪我走回家嗎，馬修？」

有好幾個月，我們互相陪伴度過孤單的時刻。在床上床下我們都喜歡對方，而且我們兩人都知道這不會有進一步的發展。

「馬修？」

「今晚我對你沒什麼幫助的，孩子。」

「你可以讓我在回家的路上不被歹徒偷襲啊。」

「你知道我指的是什麼。」

「是啊，偵探先生，但你不知道我指的是什麼。」她撫著我的臉頰說：「今晚我絕不讓你靠近我，你需要刮鬍子了。」她溫柔的笑說：「我供應一點咖啡與陪伴，我想你會用得著。」

「也許。」

「純咖啡與陪伴。」

「好吧。」

「不是茶與同情，不要那些東西。」

「只有咖啡與陪伴。」

「哈！現在告訴我，這是你一整天得到的最好待遇。」

「確實是，但也不是很多。」

∞

她很會煮咖啡，還弄來一品脫的豎琴牌啤酒給我摻著喝。當我說完故事時，一品脫都快被我喝光了。

我告訴她大部分的事，隱瞞了會暴露伊斯瑞奇和惠森達身分的部分；亨利・普拉格那個惱人的小祕密只大略帶過，也沒有提到他的名字，雖然她花點工夫去看早報就可以知道。

當我講完時，她側著頭坐在那兒好幾分鐘，瞇著眼，手上香菸的煙往上飄。最後她說想不出來我有什麼辦法去改變現狀。

「假設你故意讓他知道你不是勒索人，馬修，或假設你多蒐集了一些證據去找他，你都會讓他曝光的，不是嗎？」

「用其中一種方式。」

「他因為怕被揭發而自殺，那是他以為你是勒索人。如果他知道你要把他交給警方，會不會也做同樣的事呢？」

「他可能沒那個機會。」

「也許他有那個機會還比較好。沒有人強迫他，那是他自己的決定。」

我再想了一遍說：「還是有些地方不對。」

「什麼不對？」

「我不太清楚，有些事情不該這樣發展。」

「你只是要找些事情來讓自己有罪惡感。」這話戳到我的痛處。我大概是變了臉色，因為她又補充說：「抱歉，馬修，我很抱歉。」

「為什麼？」

「我只是，你知道的，故意裝可愛。」

「很多都是實話。」我站起來說，「早上就會好多了，通常都是這樣。」

「別走。」

「我已經用了咖啡與陪伴，兩樣都謝謝。現在我最好回家去。」

她搖搖頭說：「留下來。」

「我說過了，崔娜——」

「我知道。其實我也不是特別需要，只是我真的不想一個人睡。」

「我不知道能不能睡著。」

「那就抱著我直到我睡著。拜託嘛，寶貝。」

我們一起上床，互相擁抱。也許是波本終於產生作用了，或者是我比我所知道的還要筋疲力盡，我就那樣摟著她睡著了。

14

我醒來時頭重重的嘴苦苦的。她在枕頭上留張字條要我自己弄早餐。我唯一能接受的早餐就是剩下的豎琴牌啤酒，我從她的藥櫃拿了兩片阿斯匹靈配著啤酒吞下去，下樓到熟食店喝了杯爛咖啡，這才讓我好過一點。

天氣很好，空氣也比平常乾淨，可以清楚看見天空。我往旅館走回去，路上買了一份報紙。已經將近中午了，我通常沒睡那麼多。

我必須打電話給他們，貝芙莉．伊斯瑞奇和西奧多．惠森達。我必須讓他們知道他們已經不在鉤子上了，事實上從一開始就沒那回事。也許他們會覺得解脫了，還有被欺騙的憤怒，也罷，那是他們的問題。我自己的問題已經夠多了。

很明顯的，我必須見他們，我沒辦法在電話上說。我不想去說，但我更希望趕快把這件事做個了結。兩通簡短的電話和兩次簡短的會面，我就再也不必見到他們。

我在櫃檯邊停下，沒有我的信，但是有一個電話留言。絲泰西．普拉格小姐來過電話，留了個電話號碼要我盡快回電話給她。就是那個我在獅頭打過的電話號碼。

回到房間，我仔細看《紐約時報》。普拉格的消息在訃聞版，有兩行標題，簡單的死亡報導，上面說他很明顯是舉槍自盡，沒有提到我。我以為他女兒是從報紙上知道我名字的，我再看留言條，她昨晚九點左右打的電話，而《紐約時報》的第一版在十一、二點以前不會送到街上。所以她應該是從警察局知道我的名字，或者是之前聽她爸爸提過。

我拿起電話，又放下。我不太想跟絲泰西講話，我想不出她要講的話有什麼是我要聽的，而且我知道我沒什麼話要對她說，她爸爸是個凶手的事實不會由我或任何人來告訴她。陀螺經由我報了仇，他的案子卻永遠是個懸案，警察不在乎誰殺了他，而我也不覺得有義務要告訴他們。

我再拿起電話打給貝芙莉．伊斯瑞奇。忙線中。我掛斷再撥惠森達的辦公室，他出去吃午餐。等了幾分鐘，我再撥伊斯瑞奇的電話，還在通話中。我在床上伸個懶腰，電話響了。

「史卡德先生嗎？我是絲泰西．普拉格。」一個年輕而正經的聲音，「很抱歉我不在，昨晚我打完電話以後就搭火車去陪我媽了。」

「我幾分鐘前才看到你的留言。」

「噢，是這樣，我可以跟你談談嗎？我可以去你的旅館或隨便你說個地方。」

「我不知道能幫你什麼。」

她頓了一下說：「也許沒有。我也不知道，但你是最後一個看到我爸爸活著的人，而我——」

「我昨天甚至沒見到他，普拉格小姐。出事的時候我正等著見他。」

「沒錯，是那樣。但是事情是——真的，我很希望能跟你見個面，如果方便的話。」

「如果透過電話我能幫得上忙——」

「可以見一面嗎？」

我問她知不知道我的旅館在哪裡，她說知道，十至二十分鐘可以到，她會先在大廳打電話給我。我掛斷電話，奇怪她怎麼會知道怎麼找我。我在電話簿上沒登記，我懷疑她知道陀螺的事，也知道我的事。如果萬寶路人是她的男朋友，她是否參與計畫——如果是，就難怪她會把她爸爸的死怪到我頭上。這一點我無法辯解——連我本人都很自責。但我不相信她手提袋裡會有把小巧的手槍。我曾嘲笑海尼看了太多電視，我沒看那麼多。

她十五分鐘就到了。這中間我再撥給貝芙莉．伊斯瑞奇，還是忙線中。她從大廳打電話上來，我下樓去跟她見面。

黑色中分直長髮，一個臉頰瘦削的高䠷女孩，深黑的眼睛，穿著合身乾淨的牛仔褲，簡單的白色罩衫外加萊姆綠毛線背心。手提袋是用另一件牛仔褲的褲筒剪下來做的，我判斷裡面沒有槍。

我們互相確認我是馬修．史卡德她是絲泰西．普拉格。我建議喝咖啡，我們去火焰餐廳要了個隔間雅座。咖啡端來以後，我對她爸爸的死表示遺憾，但我還是想不出她為什麼要見我。

「我不知道他為什麼要自殺。」她說。

「我也不知道。」

「你不知道？」她看著我的臉，我試著想像她幾年前的樣子：抽大麻、嗑藥，撞倒了一個小孩又茫茫然的開車溜了。無法想像現在坐在我對面的女孩曾是那個樣子，她現在看起來聰敏、懂事、負責。父親的死令她傷心，但她夠堅強可以熬過去。

她說：「你是偵探？」

「算是吧。」

「那是什麼意思？」

「我在沒有契約的情況下替人家辦一些私人事務，沒有一件像字面上的意義聽起來那樣有趣。」

「你替我爸爸工作？」

我搖頭說：「我上星期見過他一次。」把謅給海尼聽的故事又說了一次，「所以我應該不算認識你爸爸。」

「真奇怪。」她說。

她攪了攪咖啡，再加了些糖，又攪了攪，啜一口後放回碟子上。我問她為什麼覺得奇怪。

她說：「我前晚見過我爸爸。我下課回公寓，他在裡面等我，要帶我出去吃晚餐。他每一兩個禮拜來一次，但通常他會先打電話跟我約好。他說他一時興起，就碰運氣看我是不是剛好回來。」

「原來如此。」

「他很焦慮。這樣說對嗎？焦躁，為某件事情不安。他是個很情緒化的人，事情順利的時候就精力充沛，事情不順就垂頭喪氣。我開始研究病態心理學的躁鬱症時，從我爸爸身上得到很多印證。我不是說他真有病，但他有類似的情緒起伏。那並沒有妨礙他的生活，只是他有那樣的性格特徵。」

「前天晚上他顯得憂鬱？」

「不只是憂鬱，是憂鬱兼神經緊繃。如果不是我知道他厭惡藥物的話，會以為他吃了安非他命。幾年前有一段時間我嗑藥，他很明白表示他對藥的態度，所以我不認為他會吃那些東西。」

她又喝了口咖啡。沒有，確定她皮包裡沒有槍。她是個直爽的女孩，如果有槍她會馬上用。

她說：「我們去附近的一家中國餐廳吃晚餐。在上西城，我住的地方。他幾乎沒有吃。我很餓，但是受到他的情緒影響，結果也沒吃很多。他一直閒聊，很關心我的近況，問了幾次我有沒有再嗑藥，我據實說沒有。他還問我的功課，問我是不是念得快樂，考慮到如何謀生時是不是覺得走對路了。問我有沒有談戀愛，我說沒有，沒有認真交往的對象。然後他問我認不認識你。」

「真的？」

「我說我唯一聽過的史卡德是史卡德瀑布橋。他又問我有沒有去過你的旅館——他說出旅館名字，問我有沒有去過——我說沒有。他說你住在那裡。我真不知道他到底是什麼意思。」

「我也是。」

「他問我有沒有看過一個喜歡轉銀幣的人，他拿出一個硬幣在桌角彈轉了起來，問我有沒有看過一個人用一個銀幣這樣轉，我說沒有，並問他還好嗎。他說很好，我不該擔心他。他說不管發生什麼事我都不會有事，不必擔心。」

「那使你比以前更擔心。」

「當然。我怕——我怕所有的事，甚至不敢去想。我想他也許去看了醫生，發現自己身體有什麼不對勁。但是我昨晚打電話給他常去看的醫生，說他自從去年十一月例行健康檢查以後就沒再去過，而那次檢查他除了血壓稍微偏高外，一切正常。當然，他也可能去看別的醫生。這些除非驗屍是無法知道的了。像這種案子他們一定會驗屍的，史卡德先生？」

我看著她。

「他們打電話告訴我他自殺時，我沒有很驚訝。」

「你預料會這樣？」

「不是有意識的。不是真的預料到，但是聽到消息時，覺得所有徵兆都吻合。冥冥中，我覺得我知道他想告訴我他快要死了，他想在死前把事情交代好。但我不知道他為什麼這樣做。然後我聽說他死時你就在場，又想起他曾問我是否認識你，我奇怪你跟這整件事有什麼關聯。也許他有某些問題請你替他調查，因為警察說你是偵探，而我奇怪——我就是搞不懂他怎麼了。」

「我不知道他為什麼會提到我的名字。」

「你真的不是為他工作？」

「不是，而且我跟他很少接觸，只是向他查詢另一個人的資料那麼簡單而已。」

「那就奇怪了。」

我想了一下又說：「上星期我們有一次談話，我想是我說的某些話特別刺激了他的思緒。我不知道是哪些，我們只是閒聊，也許是我某些話中的某部分。」

「我想應該就是這個原因了。」

「我想不出還有其他原因。」

「不管那些話是什麼，他一直記著。所以他提起你的名字，因為他沒有辦法說出你說的話，或是那些話對他有什麼意義。之後當他的祕書說你在等他時，就觸動了他扣扳機的念頭。」

我的出現觸動他扣扳機的念頭，毋庸置疑的。

「至於銀幣，我就想不出有什麼意義了。除非是那首歌：『你可以在酒吧的地板上轉動銀幣，它會轉動因為它是圓的。』下一句呢？內容是說一個女人不知道她擁有一個很好的男人，一直到失去他才知道。也許他在暗示他已失去一切。我不知道，我想死前他的意識已經不是很清楚了。」

「他一定承受了很大的壓力。」

「我想是這樣。」她向遠方看了一會兒，「他有沒有跟你提過我？」

「沒有。」

「你確定？」

我假裝想了一下，然後說我確定。

「我只是希望他明白我現在一切都很好，就這樣而已。如果他必須要死，如果他認為他必須要死，至少我希望他知道我沒事。」

「我相信他知道。」

她受了很多苦，從他們告訴她噩耗開始，甚至更久：從在中國餐廳吃晚飯開始。現在她受夠了，但是她沒有要哭的樣子，她不是個愛哭的人，她是個堅強的人。如果他有她的一半堅強，他就不必自殺。他會一開始就叫陀螺滾蛋，他不會付錢，不會有第一次殺人，更不必企圖第二次殺人。她比他堅強多了。我不知道擁有那樣的堅強可以多自豪，也許你也有，也許沒有。

我說：「那是你最後一次見到他？在中國餐廳。」

「嗯，他陪我走回公寓，然後開車回家。」

「他幾點離開？」

「不知道。大概十或十點半左右，也許晚一點。問這幹嘛？」

我聳聳肩說：「沒什麼。習慣吧。我當過很多年警察，當一個警察沒話說時，就會問問題，什麼都問。」

「有意思，一種學習反應。」

「專業術語是這麼說的。」

她吸了一口氣說：「好啦，謝謝你跟我見面。浪費你的時間——」

「我時間多得很，不介意隨時浪費一些。」

「我只是想盡量多知道他的事。我以為他也許會有什麼最後的留言給我，一張字條，或是一封已經寄出的信。我想是因為還不能完全接受他的死，不能相信再也聽不到他的聲音。我以為——罷了，無論如何，謝謝你。」

我不要她謝我，她沒有任何理由來感謝我。

8

大約一小時後，我找到貝芙莉．伊斯瑞奇。我說必須見她。

「我以為我可以到星期二。記得嗎？」

「我今晚要見你。」

「今晚不可能。而且我還沒有錢，你同意給我一星期的。」

「是其他的事。」

「什麼？」

「電話上講不清楚。」

「我的天，」她說，「今晚絕對不可能，馬修。我已經有約了。」

「我以為科密特出去打高爾夫了。」

「那不表示我就要單獨待家裡。」

「這我相信。」

「你真是個混蛋，不是嗎？我應邀參加一個宴會，一個高級宴會，要盛裝出席的那一種。如果是絕對必要，我可以明天跟你見面。」

「是絕對必要。」

「何時、何地？」

「寶莉如何？八點左右。」

「寶莉酒吧。有點不入流，是不是？」

「有一點。」我附和。

「我也是嗎？」

「我沒這麼說。」

「是沒有，你一直是個完美的紳士。八點在寶莉，我會到。」

我原本可以叫她放鬆，遊戲已經結束，而不必讓她再承受一天的壓力。但我想她可以應付這樣的壓力。而且我讓她脫鉤時要看著她的臉，說不上是為什麼。也許是我跟她之間有某種特殊感覺，當她知道已經自由時，我要在場看著。

我跟惠森達就沒有那種感覺。我打電話到他辦公室沒找到人，靈機一動就打到他家，也不在，但我找到他太太講話。我留話說我明天下午兩點會去他辦公室，早上我會再打電話跟他確定。

「還有一件事，」我說，「請告訴他完全不用擔心，告訴他現在都沒事了。」

「他知道那是什麼意思嗎？」

「他知道。」我說。

∞

我小睡了一下，到街尾吃了點東西，然後回到房間看書。我幾乎要早早就睡了，但是大約十一點左右，我開始感覺房間像是修道院的小密室。我正在看《聖人傳記》，也許跟這有點關係。雖然外面像要下雨的樣子，我還是決定要出去。我轉過街角到阿姆斯壯酒吧，崔娜給我一個微笑和一杯酒。

我待了一小時左右，一直想著絲泰西．普拉格，甚至比想他爸爸還多。見過她以後，我更不喜歡我自己。另一方面，我必須同意崔娜昨晚的說法。他確實有權利選擇脫離麻煩的方法，現在至少他女兒不用知道她爸爸殺過人。他的死確實很可怕，但我也無法讓事情演變得更好。

我要買單時，崔娜拿帳單過來坐在我桌邊。「你看來開朗一些了。」她說。

「是嗎？」

「我睡了個這陣子以來最好的一覺。」

「是嗎？我也是，真奇怪。」

「很好。」

「真是個巧合，你說是嗎？」

「好一個巧合。」

「這證明兩個人一起睡比較好睡。」

「但還是要有所節制。」

「否則會陷在其中？」

「可能。」

兩張桌外一個人招手叫她，她看了他一眼又轉回來對我說：「我不認為那會變成習慣。你太老而我太年輕，你太保守而我太不穩定，而且我們都是怪人。」

「沒有異議。」

「但是偶爾為之不會有害，會嗎？」

「不會。」

「而且會更好。」

我握住她的手緊了一緊。她很快抽出去，撈走我數好的錢，轉過身去問那兩張桌外的客人要什麼。我坐著看了她一會兒，然後站起來走出門。

下雨了，冷雨夾著強風。風吹向上城，而我的方向是往下城，使我感覺不怎麼爽。我猶豫了一下，心想我是否該回頭再喝一杯，等天氣好轉。最後決定不要了。

於是我向五十七街走去，看到老婦人站在「麗紗特」門口。我不知道該為她的勤勞喝采還是該為她擔心，通常像這樣的晚上她不會出來，但前幾天天氣都不錯，所以她可能是按例出來，卻被雨困住了。

我繼續走，伸手進口袋摸零錢。希望她不會失望，她不能期望我每天給她十塊錢。只有富她救了我的命時才有。

我把零錢準備好了，她走出來。不是那老婦人！是萬寶路人！手上拿著刀。

15

他向我猛衝過來，暗藏在手中的刀子向上劃了一個弧形，就算老天沒下雨，他也讓我打了個寒顫。但我找到一個空檔。潮濕的地面使他步履不穩，必須改變刀刺的方向恢復平衡，這使我有時間反應，急忙低頭避開，並準備好應付他下一個動作。

我不必久等。我是用足尖站著的，兩手垂在兩邊，手中有種刺痛感，太陽穴砰砰跳動。他的身體左右搖晃，寬闊的肩膀在做假動作，然後他衝過來。我已經留意著他的腳並準備就緒。我向左邊閃避，迴旋，一隻腳踢向他的膝蓋。沒踢到，但在他準備好另一刺之前，我已經收腳並再度擺好姿勢了。

他開始慢慢向左移動，像個職業拳擊手悄悄靠近對手一樣，當他轉了半圈、背向街道時，我看出為什麼了。他想把我逼到角落，讓我逃不了。

其實他不必擔心。他年輕、有備而來、強壯、又多在戶外活動。我則又老又胖，而且多年以來我唯一的運動就是彎曲手肘。如果我想逃，那只是拿我的背送給他當靶子。

他身體前傾，開始把刀子從一手交到另一手。在電影裡，這個動作的確好看，但是一個真正用刀的好手是不會這樣浪費時間的。真正能左右開弓的人很少。他是從右手開始變換，故而我知道他下一次攻擊時刀子一定在右手，所以他玩這手到那手的把戲等於給了我喘息的時間，並且讓我得以算出他的頻率。

他也給了我一點希望。如果他繼續像這樣耍把戲浪費體力，他就不是會用刀的人，如果他真是個十足的外行，那麼我就有機可趁了。

我說：「我身上沒有多少錢，但你要的話都給你。」

「不要你的錢，史卡德。只要你。」

不是我以前曾聽過的聲音，也肯定不是紐約口音。我奇怪普拉格從哪兒找到他的。見過絲泰西之後，我敢肯定他不是她喜歡的型。

「你犯了一個錯誤。」我說。

「是你犯了錯誤，老傢伙。而且你已經犯了。」

「亨利・普拉格昨天自殺了。」

「是嗎？那我得送些花給他。」刀子來回換手，膝蓋時屈時伸。「我會好好剮了你，老傢伙。」

「我可不認為。」

他笑了。藉著街燈照亮，現在我能看得見他的眼睛，也明白比利的意思了。他有一對殺手的、精神病患的眼睛。

我說：「如果我們都有刀的話，我就能制伏你。」

「你當然能啊，老傢伙。」

「有把雨傘我也能制伏你。」而我真的希望我有把雨傘或一根手杖。任何長的東西用來對抗刀都會比一把刀來得有利。

即使這種情況，我也沒想到要一把槍。我離開警察局後，立即的一個好處就是，我永遠不必在每一個醒著的時刻帶槍了。不必帶槍對當時的我來說非常重要。即便如此，有好幾個月沒帶槍的感覺像沒穿衣服一樣。我帶槍帶了十五年，已經習慣了那種重量。

如果我現在有槍，我就必須用它。我敢說，他就算看見槍也不會棄械投降。他已決意要殺我，沒有任何東西能教他放棄。普拉格從哪裡找到他的？他缺乏職業手法，那是肯定的。當然，很多人會僱用業餘殺手，除非普拉格跟一些我不知道的強盜集團有聯絡，否則他不會喜歡接近任何職業殺手。

除非——

那幾乎使我陷入另一長串思緒中，現在我不能做的事就是讓我的思緒漫遊。當我看見他的腳步不再是原來慢吞吞的樣子，立刻就回到現實中來。當他向我靠近時，我已經準備好了。我想好了動作、算準了他的頻率，正當他刺過來的時候，我一腳踢過去，很幸運的踢中他的手腕。他失去平衡但努力不使自己跌倒。在我想踏住從他手中脫出的刀時——那把刀飛得不夠遠，幫不了我的忙——他已經恢復平衡去搶刀子，在我的腳到之前，他的手先到了。他向後倒退幾乎到了人行道邊上，在我踏到他身上之前，他已經持刀在手，而我只得後退。

「你的死期到了，老傢伙。」

「你說得好聽。剛才我差點幹掉你。」
「我會在你肚子上捅一刀，老傢伙。讓你慢慢翹辮子。」
我讓他講愈多話，他兩次攻擊行動的時間就隔愈長。他花的時間愈長，在這位不速之客耍完刀子之前別人加入這個派對的機會就愈大。通常計程車不時會在馬路上兜客，但這會兒一輛也沒有，尤其今晚的天氣使路上行人絕跡。一部巡邏車也會受歡迎的，但你知道人們怎麼說警察的：當你需要他們的時候，他們從來不現身。
他說：「來啊，史卡德，來幹掉我啊。」
「我有一整晚的時間。」
他大拇指在刀刃上擦了一下，「刀很利噢。」他說。
「我會記住你的話。」
「噢，我會證明給你看，老傢伙。」
他向後退了一點，還是用慢吞吞的步伐移動，而我知道將會發生什麼事。他會發動一個魯莽的攻擊，意思是說一項沒有任何防護的比賽，因為如果他沒在第一下刺中我，他會把我絆倒在地，我們扭成一團，直到其中一個站起來為止。我看著他的腳，避免被他肩膀的假動作所騙，當他衝過來時，我已準備好。
在他發動攻擊之後，我單膝落地並向前伏低，他拿刀的那隻手繞到我肩膀上方，我在他下面雙手抱住他的腿，轉身、挺舉，一氣呵成。我站起來，竭盡所能把他丟出去，我知道他落地時會丟掉刀子，也知道要及時趕上他把刀踢開，並把一隻大腳趾踹進他頭殼裡。

但他居然沒扔掉刀子。他在半空中雙腳亂踢，然後不踢了，像奧林匹克跳水選手一樣，但他落下的地方是沒水的游泳池。他的一隻手企圖阻止下墜，但他著陸失敗。他的頭撞到混凝土上就像西瓜從三樓窗口掉下來。我很肯定他頭顱骨折，那足以致人於死。

我上前看他，知道他頭顱骨折與否不重要了，因為剛才他面朝上落下時後腦著地，他現在的姿勢你絕無法做到，除非是脖子斷了。我不抱希望的檢查他的脈搏，一跳也不跳。我翻動他，把耳朵貼在他胸前，也聽不到什麼。他的刀還在手裡，但現在對他一點用也沒有了。

「天哪！」

我抬起頭，看到一個住在附近、常到安塔爾與史畢羅酒吧喝酒的希臘人。我們常彼此點頭打招呼。我不知道他的名字。

「我看到了，」他說，「那個雜種想殺你。」

「那你剛好可以幫我跟警察解釋。」

「噢，不，我什麼都沒看見。你懂我的意思？」

我說：「我不管你什麼意思。如果我要找你的話，你認為對我來說會很難嗎？回安塔爾與史畢羅去，打一一九。你甚至不用花一毛錢。告訴他們你要報告一件在第十八分局管區內發生的謀殺案，還要給他們地址。」

「我不知道是怎麼回事。」

「你什麼都不必知道。你只要照我剛才說的去做。」

「他媽的，他手裡有刀，任何人都看得出來是自衛。他死了，是嗎？你說謀殺案，而他的脖子彎成那樣了。不能再在這血腥的街上走了，這整個該死的城市是個血腥的叢林。」

「去打電話！」

「但是——」

「你這婊子養的白痴，我會讓你受罪，比你能想到的還糟。你希望警察在你後半輩子跟你沒完沒了嗎？去打電話！」

他去了。

我跪在屍體旁邊，做了一次快速而徹底的搜身。我要找的是一個名字，但他身上沒有任何可以證明身分的東西。沒有皮夾，只有一個一元鈔票大小的錢夾——看起來像純銀的——還有三百多塊錢，我放了一百五回夾子裡，再塞回他的口袋。我比他更用得著那些錢。

我在那裡等警察來，並懷疑那位老兄是否打了電話。就在我等的時候，不斷有計程車停下來問發生了什麼事，以及是否幫得上忙。當萬寶路人舞刀向我的時候，沒半個人來蹚渾水，現在他死了，每個人都想來涉險了。我叫他們統統走開，又等了一會兒，黑白警車終於從五十七街轉過來停在第九大道上。他們關掉警報器，小跑步到我旁邊。兩個人都穿便服；我一個也不認識。

我簡短說了我是誰以及發生了什麼事。我曾經當過警察的這件事說出來也無妨。當我在敘述時，另一部車抵達，是一組制服警察，然後來了部救護車。

我向那組穿制服的說：「我希望你採一下他的指紋。別到停屍間後才做，現在就採。」

他們沒問我是誰、憑什麼下命令。我猜他們以為我是警察，而且階級可能比他們高得多。跟我說過話的那名便衣警察揚起眉毛看我。

「指紋？」

我點點頭，「我要知道他是誰，他卻沒帶任何證件。」

「勞您駕搜過了？」

「勞我駕搜過了。」

「你也知道，這樣是不可以的。」

「是的，我知道。但我想知道是誰不厭其煩要殺我。」

「只是個攔路搶劫的，不是嗎？」

我搖頭，「他前幾天就跟蹤我。今晚他在這裡等我，還叫我的名字。通常攔路搶劫的不會把他的被害人調查得這麼清楚。」

「好吧，他們正在採指紋，那麼我們來看看我們找到什麼。為什麼有人想殺你？」

我沒理會他的問題。我說：「我不知道他是否是本地人。我確定會有人為他收屍，但是他可能從沒在紐約做過案。」

「好吧，我們會檢查看看我們拿到什麼東西。我不認為他是個沒經驗的，你說呢？」

「不太像。」

「如果我們查不出來，華盛頓會有他的資料。想到局裡去嗎？可能會有幾個小傢伙是你的舊識。」

「好啊，」我說，「蓋格里亞迪還煮咖啡嗎？」

他臉色暗了下來，「他死了，」他說，「差不多兩年了。心臟麻痺，坐在桌前就掛了。」

「我沒聽說。真遺憾。」

「是啊，他是個好人，煮的咖啡也好。」

16

我預備的供詞不完整，一名叫伯恩保的警察也注意到了這點。我只簡單交代自己被不認識的人在特定的時間地點攻擊。那個人帶把刀，我赤手空拳奮力抵抗，還描述了我如何摔他等等，只是我沒料到，他竟然摔死了。

「這傢伙知道你的名字，」伯恩保說，「你先前這麼說。」

「沒錯。」

「而且不是在這裡說的。」他摸了摸禿光的額頂，「你還告訴雷西他幾天前曾跟蹤你。」

「我確定我注意到他一次，而我想我看過他好幾次。」

「啊哈，所以你想等著，看我們憑指紋查出他是誰嗎？」

「沒錯。」

「如果我們找得到身分證件，你就根本不必等著看指紋。所以，這表示你已搜過他，知道他沒帶任何證件。」

「也許只是一種預感，」我說，「一個人要出門暗殺某人，絕不會帶著身分證明之類的東西。這只是我的假設。」

他眉毛揚了一下，隨即聳聳肩說：「我們可以不再追究，馬修。我自己也多次搜索無人在家的公寓，你不知道有多少人都大意的讓門開著。反正我是絕不會闖入上鎖的門戶。」

「那樣就算侵入民宅了。」

「我們不會那樣做的，不是嗎？」他咧嘴笑了，再次拿起我的供詞，說：「你還知道這隻小鳥別的事，但你不想講，對嗎？」

「不，那些事情我『不』知道。」

「我不懂。」

我從他桌上拿起一包菸抽出一根來。如果我再不留心，就會恢復抽菸的習慣。我慢吞吞點著了菸，一邊想著如何應對。

我說：「你將會偵破並結清這個案子。一樁殺人案。」

「給我名字。」

「還不知道。」

「欸，馬修——」

我把菸拿離嘴，說：「暫時讓我照自己的方式做。我查清楚後會告訴你，但目前不能有文件記錄。你已經準備好不透露今晚的事，把這件案子當成殺人案，不是嗎？你有證人，也有手上拿著刀的屍體。」

「怎樣？」

「那屍體是受僱來殺我的。只要我知道他是誰，就可能知道是誰僱他的。不久前他曾受僱去殺了某人，只要讓我知道他的名字和背景，我就能找到證據，讓付帳的人被逮個正著。」

「現在不能透露嗎？」

「不能。」

「有什麼特別理由？」

「我不想把不相干的人拖下水。」

「你就想一個人玩，對吧？」

我聳聳肩。

「他們現在正在查看總局的資料。如果那裡沒有他的資料，我們會把指紋電傳去華盛頓。可能要花一整夜的時間。」

「就算是一整夜，我也等著。」

「事實上，我也會跟你一樣。如果你想瞇一下的話，贓物室有張沙發。」

我說我要等總局的報告回來，他忙他的去了。我到一間空辦公室，拿起報紙來看。我想我是睡著了，因為我知道的下一件事，是伯恩保來搖我的肩膀。我睜開眼睛。

「總局裡沒查出什麼，馬修。那小子在紐約沒資料。」

「如我所料。」

「你真對他一無所知？」

「我是不知道。我說過，只是有預感。」

「如果你告訴我們到哪裡去找，就能讓我們省點事。」

我搖搖頭，「沒有比打電報給華盛頓更快的方法。」

「他的指紋傳過去了。已經好幾個小時，外面天快亮了。你何不回家去，一有結果，我就會打電話給你。」

「你真周到。總局現在不是用電腦做這些嗎？」

「當然。但必須有人告訴電腦該做什麼，他們常常拖時間。回家去，睡點覺吧。」

「我還是要等。」

「隨你的便。」他向門口走去，又轉身提醒我副隊長辦公室有張沙發。但我已經在椅子上打過盹了，瞌睡蟲已經消失。我筋疲力竭是肯定的，卻再也睡不著了，思緒如脫韁野馬，無法控制。

他一定是普拉格的人。

或許他沒看到普拉格已死的報紙或照片，或許他跟普拉格有密切關係，為了洩憤而要置我於死地。也可能他受僱於中間人，不知道普拉格是其中的一部分。如果不是這樣的話——

我不願去想其他可能。

我已經告訴伯恩保真相。我有種預感，想得愈多我就愈肯定，而我又期待那是錯的。我坐在警察局裡，看報紙，喝無限續杯的淡咖啡，努力不去想那些我無法不想的事情。不知何時伯恩保值完班回家了，他走前交代了名叫古奇克的警員。大約九點半左右，古奇克進來說他們已經收到華盛頓來的結果。

他唸著一張電傳打字紙條，「約翰・麥可・朗杰。生於一九四三年三月十四日。出生地：加州聖伯納迪諾。所有前科都在這，馬修。賺黑心錢維生，以致命武器攻擊他人、常偷汽車、慣竊。他在西岸幹了不少勾當，所以在昆丁監獄待了一段時間。」

「他曾在佛森被逮過，」我說，「我不知道他們當他強盜還是竊盜。那是最近的事。」

他看著我，「我以為你不認識他。」

「我不認識。他幹過一些騙人的勾當，在聖地牙哥被捕。他的搭檔在法庭作證而脫罪，宣告緩刑。」

「這倒比我獲得的資料還齊全。」

我向他要一根菸。他不抽菸，但轉身問別人有沒有，我告訴他不用了。「找個人帶速記本來，」我說，「有很多東西要寫。」

∞

我告訴他們所有我想得起來的事。貝芙莉・伊斯瑞奇如何涉入犯罪圈及如何擺脫它。她怎麼樣嫁了一個不錯的丈夫，讓自己躋身上流社會。陀螺・雅伯隆如何把報紙上的照片跟她的過去聯結起來進行一樁小小的勒索行動。

「我猜她拖延了一陣子，」我說，「但要價還是太高，而他卻逼她拿出更多錢來。後來她的老情人來到東部，指出一條路給她。如果殺掉勒索人這麼容易，幹嘛還要被勒索？朗杰是犯罪老手，但殺人可是生手。他用了好幾種方法想幹掉陀螺，先是用車撞，後來打破他的頭、把他丟到東河裡。然後又想用車撞死我。」

「再然後用刀子。」

「對！」

「你是怎麼扯進這件事的？」

略去陀螺其他勒索被害人的名字，我解釋了一切。他們不怎麼喜歡這故事，卻也莫可奈何。我告訴他們，我如何讓自己成為靶子，而朗杰是如何上鉤的。

古奇克插嘴說我必須提供所有證據給警方，我告訴他有些事我不願意做。

「我們必須正確掌握它，馬修。老天，你說朗杰是生手，媽的你搞得才像個生手，差點把自己的屁股給人幹了。你赤手空拳跟刀子對幹，這會兒還活著可真是狗屎運。媽的，你幹了十五年警察更該知道，但你的作為好像你不知道警察是幹什麼用的。」

「沒殺陀螺的人怎麼辦？如果我給你全部的資料，他們會怎麼樣？」

「那是他們的前途，不是嗎？他們用骯髒的手得到的。他們隱瞞了一些事，應該經由謀殺案調查抖出來。」

「但那件事就沒有調查，沒有人為陀螺的死放個屁。」

「因為你扣留了證據。」

我搖搖頭，「那些是垃圾，」我說，「我沒有誰殺了陀螺的證據。我有的證據是他勒索了幾個人。那些證據不利於陀螺，而他已經死了，我不認為你會特別熱心把他從停屍間裡弄出來、丟進墳墓裡。現在我把謀殺證據交到你手裡。好了，我們可能爭論一整天。為什麼你不下令立刻逮捕貝芙莉・伊斯瑞奇？」

「然後以什麼罪名起訴她？」

「兩宗共謀殺人案。」

「你有勒索證據嗎？」

「在安全的地方，保險箱裡。我能在一小時之內拿來。」

「我認為我應該跟你一起去拿。」

我看著他。

「也許我想看看信封裡到底有什麼，史卡德。」

剛才他還叫我「馬修」。我好奇他想探求的究竟是什麼。也許他只是在試探，而他已經看出了什麼。也許他想取代我在勒索計謀中的位置，他要的是真正的錢，而不是凶手的名字。也許他假設其他傻瓜確有罪行，那麼他逮住他們就能為自己贏得一個嘉獎。我不太認識他，無法猜測他的動機，不過那倒不難。

「我不明白，」我說，「我給你一個鐵證，而你想融化它。」

「我現在派幾個小傢伙去逮伊斯瑞奇，同時呢，你跟我去打開保險箱。」

「我可能忘了鑰匙放在哪裡。」

「那我可能讓你下半輩子不好過。」

「說得比做得容易。保險箱離這兒只有幾條街。」

「還在下雨，」他說，「我們坐車去。」

∞

我們開到五十七街和第八大道交叉口的「漢諾威製造」分部。他把警車停在公車站牌處。這樣只不過省了三條街的步程。雨早就停了。我們進到裡面，下樓到保險庫，我把鑰匙給警衛並在簽名卡簽名。

「幾個月前有件荒唐透頂的事你聽說過吧，」古奇克說。我跟他併肩而行，他現在友善多了。「有個女孩在商業銀行租了一個保險箱，一年只付八塊錢，一天卻來個三四趟。總是帶個男人來，而且是不同的男人。所以銀行起了疑心，要求我們調查，你想不到的，那個雛兒是個專家。她不租一間十塊的旅館房間，而把她在街上挑中的傢伙，帶到銀行來。她拿出她的盒子，他們提供她一個小房間，她就鎖了門，在完全隱私的情況下，跟那個傢伙來個速戰速決；然後她把錢放進盒子裡再度鎖上它。這一年才花她八塊錢，不必每次花十塊；同時還比旅館安全，因為要是她找上一個瘋子，他不會想在他媽的銀行裡打她，不是嗎？她既不會被打，也不會被搶，真是太完美了。」

這時警衛已經用他和我的鑰匙從保險庫拿出保險箱來，遞給我，並帶我們到一個小房間。我們一起進入，古奇克關門上鎖。這個房間用來性交頗令人不舒服，我知道有人曾在飛機的廁所裡做愛，相較之下，這個空間大多了。

我問古奇克那女孩後來怎樣了。

「噢，我們告訴銀行不要提出告訴，否則只會讓街上每一個從事性交易的人都想到這一招。我們建議他們退還她的保險箱租費，告訴她他們不做她的生意；我想他們是這麼解決的。她可能過馬路到別家銀行做生意去了。」

「你沒再接到任何抱怨？」

「沒有。也許她在大通曼哈頓銀行有朋友。」他說完馬上大笑起來，然後突然打住。「讓我們來瞧瞧盒子裡有什麼，史卡德。」

我把盒子遞給他，「你自己開。」我說。

他照做了。當他看那些東西時，我盯著他的臉。對於他看的圖片，他做了些有意思的評論，把文件也仔細讀了一遍。然後他突然看著我說：「這就是伊斯瑞奇那個馬子所有的資料？」

「看樣子是的。」我說。

「其他人的呢？」

「這些保險庫不像他們設想的那麼安全，一定有人進來拿走了什麼。」
「你這婊子養的。」
「你已經拿到你要的東西了，古奇克。不多也不少。」
「你為每一個檔案都租了保險箱。其他還有多少？」
「有什麼差別嗎？」
「你這婊子養的。我們回去問那個警衛，你在這兒還有多少箱子，我們每一個都看一看。」
「如果你要，我可以幫你省點時間。」
「哦？」
「不是三個不同的保險箱，古奇克。是三個不同的銀行。你休想唬我拿出其他的鑰匙，或追查銀行的單據，或得到任何你想要的東西。事實上，你最好不要再叫我婊子養的，因為我不喜歡，而且我大可不用協助你的調查工作。我不必合作，你知道。如果我不合作，你的案子就沒輒了。你可以不需要我就把伊斯瑞奇和朗杰牽扯在一起，但你會他媽的花不少時間去找證據，好讓地方檢察官願意把這個案子抬上法庭。」
我們彼此對望了一會兒。好幾次他想說什麼，卻又覺得那不是個好主意。終於他臉上有些東西不同了，我知道他決定不追究。他所持有的已經夠了，他想要的也都到手，他的臉色說明他知道。
「媽的，」他說，「這是警察的本能，我想打破砂鍋問到底呢。沒惹毛你吧，我希望。」

「一點也不會。」我說。我的聲音聽起來大概沒有什麼說服力。

「現在他們可能已經把伊斯瑞奇拖下床了。我得回去看看她怎麼說。一定值得一聽。或許他們沒把她拖下床。瞧，那些圖片，你會喜歡把她拖上床而不是拖下床。有那樣做過吧，史卡德？」

「沒有。」

「我不介意親自嘗嘗看。要跟我一起回警局去嗎？」

我不想跟他一起去任何地方，也不想看到貝芙莉·伊斯瑞奇。

「我不去了，」我說，「我還有約。」

17

我在浴室待了半小時，淋浴的水熱到我能忍受的極限。真是漫長的一夜，我僅有的睡眠是在伯恩保的椅子上打個盹。我差點就被幹掉了，結果我卻殺了那個想幹掉我的人。那個萬寶路人，約翰．麥可．朗杰。下個月滿三十一歲。我曾猜他更年輕些，大概二十六歲左右，不過當然也是因為那時候的光線不夠。

他的死沒怎麼困擾我。他曾經想殺我，而且似乎很樂於看到結果。他殺了陀螺，而且看樣子他以前也殺過別人。他也許不是職業殺手，但似乎滿喜歡這種事。他顯然偏好用刀，而偏好用刀的人通常對他們的武器有一種類似性暴力的快感。鋒利的武器比槍更像陰莖。

我懷疑他是否對陀螺也動了刀。那不是不可能，法醫也會有失誤的時候。不久前就有一個案子，他們從哈德遜河中撈起一具當時身分不明的浮屍，沒有任何人注意到她的頭顱上有一顆子彈，就把她草草埋葬了。他們會發現是因為埋葬前要整飾她的頭，然後他們才發現子彈，並由牙齒紀錄查出那個女人是幾個月前在澤西城的家失蹤的。

我讓思緒在這些事情上打轉，因為我不願去想其他的事情。半小時後，我關掉蓮蓬頭，拿毛巾擦乾身體，打電話給櫃檯，叫他們幫我擋電話並在一點整叫醒我，然後把自己扔到床上。

其實我不需要人打電話叫醒我，我知道自己一定無法入睡。我所能做的就是癱在床上，閉上眼睛，想著亨利．普拉格以及我是怎麼害死他的。

∞

亨利．普拉格。

約翰．朗杰死了，是我殺的，還打斷他的脖子，那一點也不困擾我，因為他做了許多致人於死的事。貝芙莉．伊斯瑞奇正受到警察的嚴厲拷問，他們很可能挖出足夠的證據而關她好幾年。她也可能打贏官司，因為那些證據可能不足以構成一個案子，但不管怎樣都不重要了，因為陀螺已經達到復仇目的。而她可以忘了她的婚姻、她的社會地位，以及皮耶飯店的雞尾酒。她可以忘了她生命過去的大部分，而那也不會困擾我，因為沒有什麼是她不應得的。

但亨利．普拉格沒殺過任何人，我卻逼得他打穿腦袋自殺，這一點使我無法平衡。當我以為他犯謀殺罪時就覺得困擾，現在我知道他是無辜的就更感到不安。

喔，當然有許多說詞可以將這件事合理化。他的生意走下坡，他最近財務狀況很差，他處處碰壁，並且已經到了有自殺傾向的躁鬱症邊緣。而那還不夠，我所施加的額外壓力，是導致他整個崩潰的最後一根稻草。這還是不能使我的行為合理化，他選擇我去他辦公室拜訪的時候把槍放進嘴裡扣動扳機，這不只是純屬巧合。

我躺在床上，閉著眼睛，想喝一杯。非常想。

但還不行。我有個約會，要去告訴一個喜歡雞姦小男生的人，他不必付我十萬塊了，而且只要他能唬過夠多的人夠久，他就可能一路順風當上州長。

8

等我跟他談完以後，我突然覺得讓他當州長或許也不壞。可能從我在他對面坐下來的一刻起，他就知道我要說的事情對他有利，而毫不插嘴的傾聽。我以為他會說這件事令他十分驚訝，但他只是坐著全神貫注仔細的聽，不時點點頭，好像為我的敘述加標點符號一樣。我告訴他他已經不在鉤子上了，其實他從來沒有被勾住，那只是用來誘出凶手的計畫，這麼做才不會把其他人的齷齪事攤在大眾面前。我慢條斯理的說給他聽，因為我想要一次就把話說清楚。

當我說完了，他靠回椅子上，望著天花板，然後眼睛才盯著我，吁出一句話。

「真意外。」

「我必須壓迫你，就像我必須壓迫其他人一樣，」我說，「我不喜歡這樣，但是我必須這麼做。」

「噢，我其實並不覺得有那麼大壓力，史卡德先生。我看得出你是一個講理的人，問題只是在籌錢罷了，雖是苦差事但不是不可能。」他雙手交叉放桌上，說：「一時之間我很難消化這一切。你知道，你曾是個十分完美的勒索者。但現在看來，你根本就不是來勒索的。不過，我也從來沒有像現在這樣，這麼高興自己被人騙了。還有，那、那些照片——」

「已經全部銷毀了。」

「我會相信你的話，我相信。但這是不是很可笑？我仍然認為你是個勒索者，那很荒謬。如果你是個勒索者，我相信你說你沒保留那些照片的拷貝，通常事情到此為止。但是既然你沒從我這兒敲詐錢，我就可以不用擔心你將來會這麼做，是不是？」

「我考慮過把照片帶來給你。但又恐怕我可能在來這裡的路上被公車撞死，或把它遺忘在計程車上。」我想到，陀螺就曾擔心自己會被公車撞死。「燒掉它們似乎簡單多了。」

「你說得對，我也不想看到它們。我只要知道已經不存在，對這整件事就好過多了。」他的眼睛探測著我的，「你經歷了一次可怕的危機，不是嗎？你差點被殺了。」

「幾乎。兩次。」

「我不明白你為什麼要把自己搞得這麼危險。」

「我也不確定自己是不是明白。這麼說吧，我是幫朋友一個忙。」

「朋友？」

「陀螺．雅伯隆。」

「你不覺得你擇友的標準有些奇怪嗎？」

我聳聳肩。

「好了，我也不去深究你的動機了，但你的作為很可佩。」

我可沒那麼確定。

「第一次來的時候，你說你有辦法弄到那些照片給我，你還暗示我你想要的是『報酬』。說真的，你用的說法還挺高竿的。」他微笑著說：「無論如何，我認為你值得拿報酬。或許沒有十萬塊那麼多，不過也不會太少。但現在我手邊沒有多少現金——」

「一張支票也不錯。」

「哦？」他看了我一下，然後打開抽屜拿出一本支票簿，是那種大型的、每頁有三張支票的本子。他拔開筆套，填上日期，然後看著我。

「你說個數目。」

「一萬塊。」我說。

「不多花點時間想想？」

「這是你本來要付的十分之一。應該是個合理的數字。」

「是不至於不合理，甚至可以說是我賺到了。你要兌現還是存進你個人帳戶？」

「都不是。」

「對不起，你說什麼？」

原諒他可不是我的職責範圍。我說：「我要錢不是為了自己。陀螺僱我時已付足了錢。」

「那麼——」

「抬頭寫『少年之家』吧。弗拉納根神父的『少年之家』，在內布拉斯加對吧？」

他放下筆，看著我，臉色稍微紅了起來。然後也許他當我幽默，也許是他政客本質所致，他向後靠並大笑起來。笑得真開心，我不知他是否也這麼認為，但笑聲聽起來相當真實。

他把支票寫好遞給我，說我有絕佳的賞善罰惡觀。我把支票摺好放進口袋裡。

他說：「『少年之家』。你知道，史卡德，那都是很久以前的事了。那些照片的主題。那是個弱點，一種很無力又不幸的弱點，但那些都過去了。」

「你說了算。」

「事實上，連那股欲望都已經消失殆盡了，可說是心魔已經被驅走了。就算不是這樣，要抗拒那份衝動也不是什麼難事，因為我還有更重要的事業不能隨便冒險。這幾個月來，我真正了解到危難的意義。」

我什麼都沒說。他站起來踱了一會兒，並告訴我他為偉大的紐約州所做的一切計畫。我沒多注意聽，只聽到他的音調，我想我相信他是很認真的。他真的想當州長，一直都很明顯，但他似乎得有合理的理由才能當州長。

「好了，」他終於說，「我好像總算找到了一個發表演說的機會，不是嗎？我能得到你的一票嗎？」

「不能。」

「哦？我以為剛才那是一篇動人的演說。」

「我也不會投票反對你。我不投票。」

「那是你做公民的義務，史卡德先生。」

「我是個墮落的公民。」

聽到這話他便笑了開來，雖然我不懂這有什麼好笑的。「知道嗎？」他說，「我喜歡你的調調。就算你帶給我壓力時，我仍然喜歡你的調調。甚至在我知道你的勒索動作只是個遊戲之前也喜歡。」他壓低了嗓門神祕的說：「我可以為你這樣的人在我的機構裡找一個好位置。」

「我對機構都沒興趣。我已經在一個機構待了十五年。」

「警察局嗎？」

「對。」

「也許我說得不夠清楚。你不必隸屬於一個機構，你可以為我工作。」

「我不喜歡為人工作。」

「你滿足於目前這種生活。」

「不特別喜歡。」

「但是你不想改變。」

「不想。」

「那是你自己的生活，」他說，「雖然我很驚訝。你這個人很有深度，所以我以為你會想為世界做更多事。我以為你有更大的野心，就算不是為了個人的前途，你的潛在能力也能夠為這個世界做好事。」

「我說過我是個墮落的公民。」

「因為你不運用你的投票權。但我想——好吧，如果你改變主意，史卡德先生，那個位置等著你。」

我要走了。他站起來並伸出手。我不想跟他握手，但沒有理由拒絕。他握得有力而肯定，那對他是個好預兆。如果他想贏得選擇，他將要握不計其數的手。

我懷疑他是否真的對年輕男孩失去興趣。對我來說都無所謂。那些照片使我反胃，但我不知道那是否是我對他的道德譴責。那個男人所做的事是要付出代價的，而且毫無疑問的他知道自己在做什麼。我不喜歡和他握手，而且永遠不會找他一塊喝酒，但我想他在阿爾巴尼幹得不會太差——相對於其他想要得到那個位置的混球而言。

18

我離開惠森達辦公室的時候大約三點，本想打個電話給古奇克，看看他們後來怎麼處理貝芙莉・伊斯瑞奇了，但想想還是省下這一毛錢吧。我不想和他打交道，也不怎麼在意他們到底怎麼做。逛了一會兒，在華倫街的快餐店停下來，其實我沒什麼胃口，但距離上一餐已經很久，而我的胃也開始抗議我虐待它了。我吃了兩個三明治、喝了點咖啡。

之後又是閒逛，本想去銀行取出亨利・普拉格的資料，但現在已經太遲，銀行打烊了。我決定明天早上去，並把那些東西全部銷毀。普拉格是不會再受傷害了，但還有他女兒。只有當陀螺遺託給我的那些東西不再存在，我才會覺得舒坦一點。

過了一會兒，我搭上地鐵，在哥倫布圓環下車。回到旅館，櫃檯有我的留言。安妮塔打電話來並希望我回電給她。我拿了一個白色普通信封，寫上「少年之家」的地址，把惠森達的支票裝進去，貼上郵票，然後帶著非常虔誠的表情，將它丟進旅館的郵件箱裡。

進了房間，我數了一下從萬寶路人那裡拿來的錢，有兩百八十塊。某個教堂將會有二十八塊進帳，但此刻我不想去教堂。我現在什麼都不想做。

現在所有的事情都結束了。沒有什麼事可做，我只覺得空虛。如果貝芙莉・伊斯瑞奇會受審判，我可能必須去作證，但那要不了幾個月，作證的事就不會再來煩我。而且我已經為整個事件的始末做了充分的聲明。沒什麼事可做。惠森達自由了，會不會成為州長，要看政客老闆的興致和廣大的群眾了；而貝芙莉．伊斯瑞奇將置身囹圄，亨利．普拉格的葬禮這幾天就會舉行。移動的手指振筆疾書，而他寫下了自己的死亡，我在他生命中的角色也隨著他的生命結束。只能再為他點幾根無意義的蠟燭，如此而已。

我打電話給安妮塔。

「謝謝你寄來的匯票，」她說，「我很感謝。」

「我真想告訴你稍後還有，只可惜並非如此。」

「你還好嗎？」

「當然。怎麼啦？」

「你聽起來不太一樣。我不知道怎麼形容，但聽起來就是不一樣。」

「我過了漫長的一個禮拜。」

談話停頓了一下。我們的對話經常如此，充滿頓號。然後她說：「孩子們想知道你願不願意帶他們去看籃球賽。」

「去波士頓嗎？」

「你說什麼？」

「尼克隊已經出局了。前幾天晚上塞爾提克隊打敗了他們。那是這禮拜的重要新聞呢。」

「籃網隊。」她說。

「噢。」

「我想他們已經進入決賽了，出戰猶他爵士隊或什麼的。」

「噢。」不知道為什麼，我從不記得紐約還有第二支籃球隊。我曾帶兩個兒子到拿騷體育館看籃網隊，而現在幾乎忘了它的存在。「他們什麼時候出賽？」

「星期六晚上有一場。」

「今天星期幾？」

「你認真的嗎？」

「好啦，下次我去弄個有日曆的手錶來戴，這樣總行了吧？今天星期幾？」

「星期四。」

「票可能不太好買。」

「噢，票已經賣完了。他們想說你可能認識什麼人。」

我想到惠森達。他或許能不太費力就弄到票。他也可能樂意會會我的兒子們。當然啦，另外還有很多人也能弄到最後幾張票，而且他們都不介意幫我這個忙。

我說：「我不知道，也許都沒有了。」但其實我考慮的是，我不想看到兒子們，不要這種只有兩天的見面方式，而我也不知道為什麼。同時我也懷疑他們是否真的想要我帶他們去看球賽，或者僅僅是他們想去，不知道我有沒有辦法弄到門票。

我問她是否還有其他場比賽。

「星期四。但那天是上學日。」

「星期四的可能性高於星期六。」

「可是，我不希望他們在要上學的日子在外逗留太晚。」

「我可能弄得到星期四的票。」

「嗯——」

「我弄不到星期六的票，但我可以弄到星期四的。那是比較後面的比賽，會比較精采。」

「噢，你就是這樣。如果我因為那天是上學日而反對，那麼我就變成壞人了，對吧？」

「我想我要掛電話了。」

「不，不要掛。好吧，星期四也可以。如果你拿得到票，你會打電話來吧？」

我說我會的。

8

那種感覺真奇怪——我想醉，卻一點也不想喝酒。在房間裡坐了一會兒之後，我漫步到公園去，坐在長椅上。有兩個少年慢慢走近我旁邊的一張長椅，坐下點了菸，然後其中一個注意到我，用手肘碰碰他的同伴，後者小心的朝我望了一眼。隨後他們就站起來走開了，不時回頭一瞥好確定我沒有跟蹤他們。我還待在原處。我猜其中之一打算賣藥給另一個，等他們看到我以後就決定別在一個看起來像警察的人眼前做交易。

不知道坐了多久，幾個小時吧，我想。其間有人來跟我討錢，有時我會貢獻一些給酒館，有時我叫那個懶鬼走開。

我離開公園走到第九大道，那個時候聖保羅教堂已經關門了，樓下是隨時都開放。此刻要祈禱是太晚了，但要喝酒卻是剛剛好。

阿姆斯壯酒吧開了。已經一天一夜沒喝了，我告訴他們只要酒不要咖啡。

8

接下來的四十小時左右過得非常朦朧。我不知道在阿姆斯壯酒吧待了多久，或者後來去了哪裡。星期五早晨，我單獨在一家旅館房間醒來，房裡滿是污垢，像是時代廣場妓女帶恩客回去的那種旅館。我不記得有女人，而錢也還在，所以看來我很可能是一個人住進來的。梳妝檯上有一瓶波本酒，只剩三分之一。我喝光它，離開旅館，之後繼續喝，現實人生畫面漸明又漸暗，那天晚上某一刻，我覺得我不行了，因為我得找路才回得了旅館。

星期六早晨，電話鈴叫醒我。感覺上它好像響很久了。我好不容易搆著電話，它卻從小床頭櫃摔到了地上，等我好不容易把話筒撿起來放到耳邊時，我也稍微清醒了點。

是古奇克打來的。

「你可真難找，」他說，「我從昨天就開始找你。你沒看到我的留言嗎？」

「我沒去櫃檯。」

「我要跟你談一談。」

「談什麼？」

「見面再說。我十分鐘內就到。」

我告訴他給我半個小時時間。他說會在大廳等我。

我到浴室淋浴，先熱水、再冷水；吃了幾粒阿斯匹靈，喝了不少開水。除了宿醉的不適外，我覺得好過多了。喝酒能洗滌我。亨利．普拉格之死一直跟著我——那是你無法一聳肩就擺脫的負擔——我得想辦法將罪惡感淹死。此刻它不再那麼令人窒息了。

好不容易脫掉身上穿的衣服，把它們塞進衣櫥裡，又突然想到不知洗衣房是否能將它們恢復原狀，但那一刻我並不想去思考。刮了鬍子，穿上乾淨的衣服，再喝了兩大杯水，阿斯匹靈已經幹掉了頭痛，但我還是渴極了，因為過去四十小時光喝酒，體內每一個細胞都快渴死了。

我下樓來到大廳，他還沒到。去櫃檯問了一下，原來他打過四次電話來。此外沒有別的留言，也沒有什麼重要郵件。我正在看一封不重要的信——一家保險公司說如果我提供生日資料，他們就免費送我一本皮面備忘錄——古奇克來了。他穿了一套剪裁很好的西裝；得仔細看才會看出他帶著槍。

他走過來拉了一張椅子坐在我旁邊，把我很難找的話又講了一遍。「我見過伊斯瑞奇以後才想到要跟你談談。」他說：「哇噻，她真不是蓋的，同意嗎？她可以隨意展現不同的風情。前一分鐘你不相信她是個蕩婦，後一分鐘你會不相信她是除此以外的任何東西。」

「她是個奇怪的人，對吧。」

「啊哈，而且她今天要出來了。」

「她被保釋出來了？我以為他們會以一級謀殺罪把她關起來。」

「不是保釋，也沒理由關她，馬修。我們沒有查到關於她的罪證。」

我看著他，並感覺到自己上臂肌肉緊繃起來。我說：「她花了多少錢？」

「我已經告訴你了，沒有保釋。我們——」

「到底她花了多少錢擺脫了謀殺控訴？以前就聽說過，你只要拿足了錢，就能幫人擺平殺人案，我是沒親眼看見，但是聽說過，而且——」

他幾乎想要一拳揮過來，我還真希望他這麼做，那我就有藉口把他打得貼到牆壁上。他脖子上青筋突起，眼睛瞇成一條縫。突然間，他鬆懈下來，臉上恢復成先前的神色。

他說：「好了，你一定要這樣看事情嗎？」

「怎樣？」

他搖搖頭，「沒有查到她的罪證，」他又說了一遍，「這就是我要告訴你的。」

「那陀螺．雅伯隆又如何？」

「她沒殺陀螺。」

「她的牛仔老情人幹的。她的老鴇，管他媽的是什麼東西，朗杰！」

「不可能。」

「幹！」

「不可能，」古奇克說，「他當時在加州，一個叫聖塔保拉的地方，在洛杉磯和聖塔巴巴拉之間。」

「他可以飛來這裡再飛回去。」

「不可能。我們把陀螺從河裡撈起來之前幾個禮拜和之後幾天，他都在那裡，沒有人能推翻這項不在場證明，因為他在聖塔保拉坐了三十天的牢。他們告發他攻擊、醉酒、妨害秩序。他整整坐了三十天牢，所以陀螺遇害的時候，他絕不可能在紐約。」

我瞪著他。

「那麼也許她有其他的男朋友，」他接著說，「我們認為有這個可能性，也追查過了。但這種方式合理嗎？她不應叫一個傢伙去幹掉陀螺，再叫另一個來跟蹤你。那不合常理。」

「攻擊我的事又怎麼說？」

「怎麼說？」他聳聳肩，「也許是她指使的，也許不是。她發誓說她沒有。她的說法是：你找上她以後，她問他怎麼辦，而他就飛過來看看能幫什麼忙。她說她告訴過他別來硬的，因為她認為能夠用錢擺平你。她說的就是這樣，那麼你期望她說什麼呢？也許她希望他殺了你，也許她沒有。但你如何能把這些弄成一個案子？朗杰死了，再沒有人跟她有什麼牽連。沒有證據說她曾經攻擊你。你可以證明她認識朗杰，也可以證明她有殺你的動機，但你沒法證明共謀或主謀的控訴。你弄不出任何證據來指控她，甚至也弄不出任何東西來引起地方檢察官的重視。」

「不可能是聖塔保拉的記錄搞錯了嗎？」

「不可能。那樣陀螺必須在河裡泡上一個月，但事實不是那樣。」

「不是，屍體被發現前十天他還活著，我跟他通過電話。我想不通，她一定還有其他共犯。」

「也許吧。但測謊器說沒有。」

「她同意做測謊試驗？」

「我們沒要她做，她自己要求的。結果顯示，就陀螺來說，她完全無關；就你被攻擊而言，結果不十分明確。執行這項測驗的專家說，她有一點緊張，他推測可能是她介於知道或不知道朗杰想置你於死地之間。好像是她感覺到了，但他們沒談到這一點，她也就避免去想它。」

「那種測試通常不是百分之百靠得住。」

「通常也就夠了，馬修。有時候它會讓一個無罪的人看起來有罪，尤其是操作者不夠內行時。但如果它說你是無罪的，那就可以肯定你是清白的了。我覺得法庭應該認可測謊結果才對。」

我自己也一直都是那麼認為。好一會兒，所有的事情在我心裡像走馬燈似的轉著……同時古奇克繼續談到訊問貝芙莉．伊斯瑞奇，不諱言他的看法和想對她做什麼。我沒怎麼注意聽。

我說：「那部車裡的人不是他。我應該注意到這一點。」

「注意什麼？」

「那部車，」我說，「我說過，有一天晚上一部車向我衝過來。同一天晚上我第一次注意到朗杰，而那個地方也就是朗杰拿刀對著我的地方，所以我以為是同一個人幹了兩次。」

「你沒看到駕駛嗎？」

「沒有。我以為他是朗杰，因為那晚稍早他跟蹤我，而我以為是他撞我。但事情不可能那樣，那不是他的風格。他喜歡用刀。」

「那會是誰呢？」

「陀螺說過有人開車衝上人行道撞他。跟那次是同一個雜碎。」

「誰呢？」

「還有電話裡的那個聲音。現在已經不打來了。」

「我搞不懂你的意思，馬修。」

我看著他，「把這些片段拼起來，就是全部。有人殺了陀螺。」

「問題是誰呀！」

我點點頭，「問題就在這裡。」我說。

「陀螺給你的資料上的其他人？」

「他們都排除嫌疑了，」我說，「也許有比他告訴我還多的人在打他的主意。也許他在給我信封之後，釣線又勾住了某人。他媽的，也許某人打倒他只是為了搶錢，不料出手太重，驚慌之下把屍體丟到河裡。」

「那是可能的。」

「當然有可能。」

「你想我們會找出是誰幹的嗎？」

我搖搖頭，「你呢？」

「不會，」古奇克說，「不會，我不認為我們會。」

19

我以前沒來過這棟大樓，有兩個警衛值班，而且電梯是人控制的。警衛確定我是約好了的之後，電梯服務員迅速把我送到十八樓，並指點我哪一扇門是我要找的。一直到我按了門鈴，有人來應門，他才離開。

這間公寓像這棟大樓其他部分一樣令人印象深刻。當中有一道樓梯可以通往二樓，一名橄欖膚色的女僕帶我進入一間有橡木拼花牆壁和壁爐的房間。書架上約有一半的書是皮面精裝本。在這間大公寓裡，這是個非常舒適的房間。這間公寓可能要花上二十萬元，而每個月的管理費大概得要一千五百塊。當你賺夠了錢，大概就能買到任何你想要的東西。

「他待會兒就會見你，」那名女僕說，「他說想喝什麼自己動手。」

她指出酒吧在壁爐旁邊。那兒有一個銀桶裝著冰塊，還有十幾瓶酒。我坐在紅色皮椅上等他。沒多久他就進來了，穿著白色法蘭絨家常褲、花格子運動上衣，腳下是一雙居家穿的皮拖鞋。

「好哇，這下子，」他說，笑容顯示他非常高興看到我，「我想你會要喝點什麼吧。」

「現在不要。」

「事實上，對我來說這會兒喝酒也是早了點。你在電話裡聽起來很急的樣子，史卡德先生。我猜你對為我工作這件事有了不同的想法了。」

「不是的。」

「你不是說——」

「那只是為了混進這裡而做做樣子罷了。」

他皺起眉頭，說：「我不確定我了解你的意思。」

「我也不確定你到底了不了解，惠森達先生。我想你最好把門關起來。」

「我不喜歡你的口氣。」

「你也不會喜歡我接下來要說的，」我說，「但你會更不喜歡門開著，所以你最好把門關上。」

他還想說什麼，也許還想說我的口氣如何令他不悅，不過他還是把話收回去、把門關上了。

「坐下，惠森達先生。」

他習慣了發號施令，而非接受指令，我以為他會講什麼，但他坐下了。他雖極力表現出不知情的樣子，卻仍然瞞不過我的雙眼。無論如何我都會知道，因為所有片段拼湊出來的結論只有一個，而且他的表情讓我更確定這一點。

「你要告訴我這整件事是怎麼回事？」

「嗯，我是要告訴你。但我想你已經知道了，不是嗎？」

「我當然不知道。」

我望著他身後一張某人祖先的油畫。我想是他的祖先。雖然我從來沒注意過任何家族的肖像畫。

我說：「你殺了陀螺．雅伯隆。」

「你瘋了！」

「沒有。」

「你已經找出了殺雅伯隆的凶手。你前天告訴我的。」

「我搞錯了。」

「我不知道你的目的是什麼，史卡德──」

「星期三晚上有個人想殺我，」我說，「你知道那件事。我以為那個人跟殺陀螺的是同一個，又把他和陀螺的其他被害人連在一起，所以我認為你是清白的。但事實上他沒法殺陀螺，因為案發當時他在別的地方。陀螺死的時候，他有牢不可破的不在場證明，那個時候他在坐牢。」

我注視著他。他現在有耐心了，專注的凝視我，聽我說話，就像星期四下午我告訴他他是清白的時候一樣。

我說：「我應該知道他不是唯一涉入這件案子的人，因為陀螺的被害人不只一個想反擊。想幹掉我的人是個獨行盜，他喜歡用刀。但我早先曾被一個或不只一個人用車撞，一部偷來的車。過沒幾分鐘，我接到一通電話，是個年紀較大、有紐約口音的男人打的。之前我也接過他的電話。若說那個愛用刀的老兄有同夥，感覺上總是不對勁。所以是有人隱身車後，有人該為敲破陀螺的頭及丟他下河負責。」

「那不代表我跟那些事有關係。」

「我認為有關係。一旦用刀子的老兄撇清了嫌疑，很明顯的事情就都指向你。他是個業餘殺手，但另一方的主控者可是完全專業的。從別區偷一部車來讓一個好手撞人；另一些人擅長在陀螺躲起來的時候找到他。你有的是錢去僱這種高手，也有人脈。」

「一派胡言！」

「不，」我說，「我後來想到一件事：我第一次去你辦公室時你的反應。你不知道陀螺已經死了，直到我把報上的文章指給你看。我不相信你能裝得那麼像，所以幾乎把你排除在凶手名單之外。但那當然不是偽裝。你真的不知道他已經死了，不是嗎？」

「當然不知道。」他往後靠著椅背說：「而我想那就是最好的證明——證明我跟他的死無關。」

我搖搖頭，說：「那只表示你還不知道那件事。而你吃驚的是，陀螺死了，但這個遊戲卻沒有隨著他的死而結束。我不但擁有那些不利於你的證據，還知道你被陀螺勒索、跟他的死脫不了干係。很自然這嚇著了你。」

「你無法證明任何事。你可以說我僱了某人去殺陀螺。我沒有，而且我敢對你發誓我沒有，但我也沒有證據可以證明。然而重點是，我沒有義務要去證明，不是嗎？」

「是的。」

「你愛怎麼指控我都隨你，但是你毫無證據，不是嗎？」

「是的，我沒有憑據。」

「那麼或許你可以告訴我，今天下午你來幹嘛，史卡德先生。」

「我沒有憑據，那是真的。但是我有其他的東西，惠森達先生。」

「哦？」

「我有那些照片。」

他呆住了，「你曾經清楚的告訴我——」

「我把它們燒掉了。」

「對啊。」

「我是要這麼做。說已經燒了比較簡單，但後來我一直很忙，就沒去處理它。直到今天早上，我發現帶刀子的那個人不是幹掉陀螺的那個人，於是仔細過濾了我所知道的事，才看出那一定是你。所以好險我沒燒掉那些照片，不是嗎？」

他慢慢站起來，說：「我想我還是喝點酒的好。」

「你請便。」

「你要嗎？」

「不要。」

他拿了一只高腳杯，先放冰塊，再倒蘇格蘭威士忌，最後加蘇打水。他很從容的調配這杯酒，然後走到壁爐邊，把手肘放在磨光的橡木爐架上。他啜了幾口酒之後，才轉過來看著我。

「那麼我們回到原點，」他說，「你打算勒索我。」

「不是。」

「那你沒燒了那些照片有什麼好險的？」

「因為那是我唯一能掌握你的東西。」

「那麼你想拿它做什麼？」

「什麼都不做。」

「那麼——」

「是你將要做什麼，惠森達先生。」

「我要做什麼呢？」

「你要放棄競選州長。」

他瞪著我。我真不想看他的眼睛，但勉強自己盯著他。他臉上那張面具不見了，我能看出他正急速思索著出路，但發現沒有一條行得通。

「你想出了這個主意，史卡德。」

「是的。」

「經過仔細思考的，我猜。」

「是的。」

「那麼你什麼都不要，是嗎？金錢、權力，一般人都想要的東西。再送一張支票給『少年之家』也不能改變我的處境。」

「不能。」

他點點頭，一隻手指摸了摸下巴尖，說：「我不知道誰殺了雅伯隆。」

「我猜也是。」

「我沒下令叫人殺他。」

「指令來自你。不管怎樣，你是領頭的。」

「可能吧。」

我看著他。

「我寧願相信另一種可能，」他說，「那天你告訴我已經找到凶手時，我感到如釋重負。不是因為我覺得謀殺案可能指向我而將會接受什麼審判，是因為我真的不知道我對他的死是否要負什麼責任。」

「你沒有直接下令。」

「沒有，當然沒有。我並不想要他死。」

「但是在你的組織中有人——」

他沉重的歎了一口氣，「看樣子是某人想掌控事態。我……曾經對幾個人透露被勒索，想找出是否有不必同意雅伯隆需索的辦法。重點是設法獲得雅伯隆永遠的緘默。勒索的麻煩就是你得永不停止的付出。這個循環永不止息，無法控制。」

「所以就有人開車撞陀螺，想嚇退他。」

「看起來是的。」

「而那件事沒奏效之後，某人僱某人去僱某人幹掉他。」

「我想是這樣。你無法證明它。也許更嚴重的是，我也無法證明它。」

「但你知道事情就是這麼進行的，不是嗎？因為你曾經警告我，一次付清後，如果我再勒索你，你會讓我死。」

「我真的那麼說嗎？」

「我想你記得自己說過什麼話，惠森達先生。那個時候我應該看出這句話的意義。你正想著從軍械庫中拿出武器來進行謀殺。因為你已經用過一次。」

「我從來沒有一絲要雅伯隆死的念頭。」

我站起來，說：「我前兩天讀過湯瑪斯・貝克特的故事。他是某個英格蘭國王的親信。亨利王朝之一，我想是亨利二世。」

「我大概看出其中的關聯性了。」

「你知道這故事？當他成為坎特伯里大主教的時候，他就不再跟亨利稱兄道弟，而按照他的良知辦事。亨利著慌了，而且讓一個部下知道這個情況。『噢！誰能助我擺脫那個麻煩的牧師！』」

「但他從來沒想過要讓湯瑪斯被殺啊。」

「那是他的說詞，」我附議。「但他的部下卻以為亨利已經下達了湯瑪斯的暗殺令。亨利壓根沒想到事情會這樣，他只是發發牢騷而已，所以當他聽到湯瑪斯的死訊時心亂如麻。或者至少他假裝心亂如麻。不過他人不在這裡，我們沒法親口問他。」

「而你認為亨利應該負責。」

「我是說我不會投票選他做紐約州長。」

他喝光了酒，把杯子放回吧台，坐回他的椅子，蹺起一條腿。

他說：「如果我競選州長——」

「那麼本州的每一家大報都會接獲一套完整照片。除非你，宣布退出競選州長，它們就都會在它們原來在的地方。」

「那是什麼地方？」

「一個非常安全的所在。」

「那麼我別無選擇。」

「沒有。」

「沒別的機會。」

「沒有。」

「我可以叫那個人為雅伯隆之死負責。」

「也許你可以，也許不能。但那有什麼好處？他必然是個職業殺手，而且沒有證據能顯示他和你或雅伯隆有什麼牽連，更別說讓他受審了。同時你也不能指望他不把你供出來。」

「你把事情弄得太複雜了，史卡德。」

「我是把事情簡單化。你所要做的，只是忘掉當州長那件事罷了。」

「我會是一個出色的州長。如果你喜歡歷史故事的話，你會更進一步體諒亨利二世。他可以說是英格蘭優秀君主之一。」

「這我就不清楚了。」

「我很清楚。」他告訴我有關亨利的其他故事。我發覺他對這個主題知之甚詳。那些故事都很有意思，但我沒用心聽。然後他繼續告訴我一些他將如何做一個好州長、他將為州民完成什麼。我很快的打斷他。我說：「你有很多計畫，但那不具有任何意義。你不會當上州長，因為我不會讓你得逞；至於你不會是好州長的原因是，你『知人善任』的結果造成謀殺。光這點就足以使你失去資格。」

「我可以換掉那些人。」

「我可不知道你換了沒。而且，那些人不是重點。」

「我明白了。」他又歎了口氣，「他不是個正當的人，你知道的。我這樣說不是在為謀殺辯解。他是個小角色、差勁的勒索者。他先是設陷阱讓我掉下去、剝削一個人的弱點，然後他想壓榨我的血汗。」

「他畢竟不是正當人。」我同意道。

「然而他被謀殺的事對你來說很重要。」

「我不喜歡謀殺。」

「你一直相信人的生命是神聖的。」

「我不知道有什麼東西是神聖的。那是個非常複雜的問題。我曾經取人性命。幾天前我殺了一個人。那之前不久，我對一個人的死有貢獻。我的貢獻是無心的。那並沒使我覺得好過多少。我不知道人的生命是否神聖。我只是不喜歡謀殺。而你在這過程中與謀殺無涉，卻使我覺得困擾了，所以我想做的只有一件事。我不殺你，也不揭發你，我不做任何類似那樣的事。我討厭扮演一個不完全的上帝，而我想做的就是不讓你進入阿爾巴尼。」

「那樣不是在扮演上帝嗎？」

「我不這麼認為。」

「你說人的生命是神聖的。雖然沒有長篇大論，但看來這就是你的立場。那我的生命呢？這麼多年來，對我而言只有一件事是重要的，而你卻多管閒事跑來告訴我我不能擁有它。」

我環視這個房間：肖像、家具、酒吧。「這些在我看來，你好像過得不錯。」我說。

「我有不少財產。我負擔得起這些。」

「好好享受這些吧。」

「我無法收買你嗎？你是那種清廉至上主義者？」

「大多數時候我是容易收買的。但你無法收買我，惠森達先生。」

我等著他再說什麼。過了一會兒，他呆在那裡，不發一言，眼望前方。我就離開了。

20

這回我在聖保羅教堂關門以前抵達，塞了十分之一——從朗杰身上拿來的錢——進那個貧乏的濟貧箱裡，為我想到的幾名逝者點了幾根蠟燭。我在那兒坐了一會兒，看著人們輪流進入懺悔室，覺得挺羨慕他們的，但還不至於也跟著去做。

我過馬路到阿姆斯壯酒吧，吃了一盤豆子和臘腸，又喝了一杯酒和咖啡。事情現在都結束了，一切都結束了，我又可以正常的喝酒，不再喝醉，也不用保持完全清醒，還不時向人們點頭打招呼，有些人也同樣回應我。這天是星期六，所以崔娜不在，但賴瑞幹得也不錯，我杯子空了，他會給我更多的咖啡和波本酒。

大部分時間我讓自己神思漫遊，但常常發現自己又想到陀螺走進來、遞給我信封那些事上，可能有方法可以讓我把那些事處理得更好。如果我積極一點，並且一開始就對它多加關注，也許能救陀螺一命。但事情已經結束了，我也完成它了，他給我的錢也花完了，有些給了安妮塔，有些給了教堂，有些給了各色不同的酒保，現在我輕鬆了。

「這個位子有人嗎？」

我沒注意到她什麼時候進來的。抬起頭來，她已經站在面前，然後就坐在我對面，從皮包裡拿出一包菸，抖出一根來，點著了。

我說：「你穿了白色褲裝。」

「這樣你才能認出我呀。你還真有辦法把我的生活搞得天翻地覆啊，馬修。」

「我想是吧。他們沒從你身上搾出什麼來吧？」

「他們一套褲裝也搾不出，更別說起訴。約翰從來不知道陀螺這個人，那也許是我最頭痛的事。」

「你還有其他頭痛的事嗎？」

「說好聽一點呢，我剛擺脫了一個頭痛問題。雖然擺脫他使我付出很大的代價。」

「你丈夫嗎？」

她點點頭，說：「他沒怎麼考慮就決定不要我這個奢侈品了，他要離婚。而且我一毛錢贍養費也沒得拿。因為要是我找他麻煩，他會十倍奉還給我；我相信他做得出來，雖然報紙上的垃圾八卦已經夠多了就是。」

「我最近都沒在看報紙。」

「你錯過了一些好東西。」她吸了一口菸，然後吐出一團煙霧，說：「你還真的都在這種鬼地方喝酒耶。我去旅館找你，不在；又去寶莉酒吧試試看，他們說你到這裡來的時間最多。我真搞不懂為什麼。」

「這裡適合我。」

她揚起頭，仔細看著我，說：「知道嗎？這裡是適合你。可以請我喝一杯嗎？」

「當然可以。」

我示意賴瑞過來，她點了一杯紅酒。「我不奢望這裡的紅酒能多好喝，」她說，「但起碼酒保不太容易搞砸什麼。」酒來了，她舉杯示意，我拿我的咖啡杯。「祝天天快樂！」她說。

「天天快樂！」

「我沒要他殺你，馬修。」

「我也沒有。」

「我是說真的。我只是需要時間。不管用什麼方法，我要自己掌控一切。你知道嗎？我從沒打電話給強尼，我又怎麼知道如何找他？是他出獄後打電話給我，希望我給他一筆錢。他有困難時，偶爾會來跟我要點錢。雖然當年出庭作證是他的主意，我還是有罪惡感。當我接到他的電話時，就是忍不住告訴他我有了麻煩。那是個錯誤的決定，他是個更大的麻煩。」

「你有什麼把柄在他手裡？」

「我不知道。但他就是有。」

「在寶莉那天晚上，你把我指給他看。」

「他想看看你。」

「他看到了。後來我跟你約禮拜三碰面，好笑的是，我原本是想告訴你你自由了。當時我以為我知道誰是凶手，想讓你知道勒索的事結束了，而且過去了。但你卻往後延了一天，還叫他來找我麻煩。」

「他是去跟你談判的，或是嚇嚇你，或是拖拖時間，諸如此類而已。」

「他的看法可不是這樣。你一定想到過他會企圖做什麼。」

她遲疑了一會兒，然後肩膀垮了下來。「我是知道有這個可能。他是……他有種野性。」她的臉突然亮了起來，而且眼神靈動。「也許你幫了我一個大忙，」她說，「生命中沒有他，也許我會過得更好。」

「比你所知道的還要好。」

「你是什麼意思？」

「我的意思是說，他有十足的理由希望幹掉我。這只是我的猜測，但我覺得我猜得沒錯。在科密特繼承那筆財產之後，也就是一直到你拿到那筆錢之前，你會樂得拖延我的時間。但朗杰可不能容忍我的存在，不管現在或未來。因為他還有更大的計畫要在你身上進行。」

「你是什麼意思？」

「你猜不到嗎？他可能告訴過你，一旦伊斯瑞奇有了足夠的錢，你就跟他離婚，這麼做很值得。」

「你怎麼知道？」

「我說過，這是我猜的。但我不認為他會那麼做。他會想擁有一切。他會等，等到你丈夫繼承了財產，而且花時間辦好一切手續，然後才突然之間讓你變成有錢的寡婦。」

「噢，天哪！」

「然後你會再婚，你的名字將是貝芙莉．朗杰。你想他在他的小刀上刻下另一個記號還要多久時間？」

「天啊！」

「當然，這只是猜測而已。」

「不！」她顫抖著，突然之間臉上的光采全沒了，一瞬間又變回那個早在多年以前就不復存在的女孩子。「他就是會那麼做，」她說，「那不只是猜測而已，那就是他會做的事。」

「要不要再來一杯？」

「不要。」她把手放在我的手上，說：「我本來對你是滿懷怒氣的，因為你毀了我的生活。也許你做的不只那樣，也許你拯救了我的生活。」

「我們永遠不會知道了，對吧？」

「是啊。」她捻熄了菸，說：「好了，這下我該怎麼辦呢？我已經習慣過悠閒的生活了，馬修。我想，得有相當的本領才能度過這段日子。」

「你有那本領。」

「突然之間，我必須想辦法自己謀生了。」

「你會想出辦法的，貝芙莉。」

她的眼睛專注看著我的，說：「這是你第一次叫我名字，你注意到了嗎？」

我們坐在那兒，彼此對看了一會兒，她伸手去拿菸，又改變主意把菸放回皮包裡，說：「好啦，誰知道以後怎樣呢？」

「我知道。」

我什麼都沒說。

「我在想，我都沒有為你做過任何事。我都開始擔心我是否失去了我的本領了。有什麼地方我們可以去？恐怕我的地方不再是我的了。」

「我的旅館在那邊。」

「你還真的老是帶我去些鬼地方，」她站起來，拿起皮包，說：「現在，走吧？」